Antike Atlantische I
Persönlichen Er
Aliens & UFOs

Teil Eins, Zwei & Drei

von Jon Peniel

Titel der Originalausgaben

Ancient Atlantean Teachings and My
Personal Experiences with
Aliens & UFOs

Part One - ISBN #: 0-9660015-9-1
Part Two - ISBN #0-9710740-0-3
Part Three - ISBN # 0-9710740-1-1

Erhältlich auf www.atlantis.to und www.lulu.com/spotlight/thegoldenrule

Übersetzung ins Deutsche: Shirley Gracey

5. Ausgabe: ISBN 978-3-00-028660-5

Druck: www.lulu.com

Anmerkung des Übersetzers

Diese Übersetzung soll dazu beitragen, den Inhalt des amerikanischen Originals, von dem es bis dato keine mir bekannte Übersetzung ins Deutsche gibt, auch an diejenigen zu übermitteln, die keine oder nur wenig Englischkenntnisse haben. *[Für diejenigen mit guten Englischkenntnissen empfehle ich, das Original auf Englisch zu lesen.]*

Jon Peniel (siehe bezüglich des Namens auch das Edgar Cayce Reading #3976-15) wurde in erster Linie bekannt durch sein Buch "The Lost Teachings of Atlantis" [Die Verlorenen Lehren von Atlantis]. Er schildert darin u. a. wie er in seiner Jugend zu einem legendären vor-Buddhistischen Kloster geleitet wurde, das sich in einem abgelegenen Tal in Tibet befand. Er präsentiert darin erstaunliche Enthüllungen aus unserer persönlichen Vergangenheit, die ihm von den dortigen Mönchen gelehrt wurden, und erzählt auch über einige seiner Erlebnisse, nachdem er das Kloster nach seiner Initiation als Adept Mönch wieder verlassen hatte. In seinen Booklets und anderen Büchern lässt er dich an weiteren faszinierenden persönlichen Erlebnissen teilhaben, was dir noch mehr Einblick in sein (und unser aller) Leben geben wird. In Bezug auf diese drei Booklets hier – wenn du dich bisher noch nicht näher mit solchen Themen befasst hast, stellt diese Ausgabe für dich vermutlich mehr bereit, als dein Verstand es zulässt zu glauben! Es gibt da so einige FAKTEN, die nicht mehr zu leugnen sind... aber auch manche Fakes, wie du gleich lesen wirst.

Ich übersetze diese Booklets, und auch die anderen seiner Bücher/Booklets [erhältlich auf www.lulu.com/de/spotlight/shirleygracey] nicht für Geld. Ich übersetze sie, weil mir seine Bücher/Booklets **sehr** dabei geholfen haben, mein Bewusstsein zu erweitern, und ich hoffe, ich kann dir durch diese Übersetzung den Inhalt des englischen Originals auf verständliche Weise vermitteln. Die Einnahmen aus dem Verkauf werden verwendet, um Humanitäre- und/oder Naturschutzorganisationen zu unterstützen und um diese Lehren zu fördern.

Ich habe mich bemüht, diesen "Schreibstil" so gut wie möglich rüberzubringen und habe mich nahe an das Original gehalten. Zusätzlich, damit man bestimmte Termini (Fachausdrücke) besser versteht oder darüber nachlesen kann, habe ich manchmal Anmerkungen [und Hyperlinks in der eBook Version] oder das englische Wort oder eine alternative Übersetzung in geschweiften Klammern hinzugefügt. Es erleichtert es, das Verständnis dafür zu vertiefen. Als Recherchequelle diente mir dazu das Internet (wie etwa Wikipedia oder andere Websites – beachte allerdings, dass nicht alles, was dort geschrieben steht, unbedingt der Wahrheit entsprechen muss oder vielleicht nur Halbwahrheiten sind).

"Wenn die Menschen nur über das sprächen, was sie begreifen, dann würde es sehr still auf der Welt sein." – Albert Einstein

Teil Eins

Manche von euch sind vielleicht nicht vertraut mit dem Autor dieses Booklets, Jon Peniel, oder mit seinem meistverkauften Buch "The Children of the Law of One & the Lost Teachings of Atlantis" {dt. Übersetzung: "Die Kinder von dem Gesetz des Einem & die Verlorenen Lehren von Atlantis"}. Jon ist ein Lehrer von einem antiken spirituellen Orden der (auf Englisch) "The Children of the Law of One" genannt wird {"Die Kinder von dem Gesetz des Einem"}. Der verstorbene berühmte Hellseher Edgar Cayce (der meist dokumentierte Hellseher der Welt), sprach über Die Kinder von dem Gesetz des Einem mehrfach in den Jahren, in denen er die psychischen Readings gab, während er in Trance war. {Readings wurden die Deutungen/Mitteilungen genannt, die Cayce im Trancezustand gab. "Reading" bedeutet wörtlich übersetzt "Lesung/Deutung". Bei Edgar Cayce kann es Prophezeiung, Prognose oder Diagnose bedeuten.} Cayce sprach von der Historie des Ordens, der für Freiheit & Erleuchtung eintritt, und von dessen Abstammungslinie – die in Atlantis beginnt und sich durchs vor-antike Ägypten bis zur Gegenwart weiter fortsetzt. Cayce prophezeite auch, dass ein wichtiger spiritueller Bote unter dem Namen John/Jon Peniel, nahe der Zeit der großen Erdveränderungen hervorkommen würde. Laut dem entrancierten {sich im Trancezustand befindlichen} Cayce kam Peniel, um der Welt entscheidende spirituelle Informationen zu geben – "die neue Ordnung der Dinge" für ein neues Zeitalter/eine neue Art von Welt und für den nächsten Schritt zur spirituellen Entwicklung der Menschheit. Jon erhebt keinen Anspruch, diese Person zu sein, weder weist er es an diesem Punkt zurück – er sieht es nicht als wichtige Sache an. Doch viele Mitglieder von der Organisation, die der verstorbene Cayce gründete (The Association for Research & Enlightenment [A.R.E.] {auf Dt.: Die Gesellschaft für Forschung und Erleuchtung}) und jene, die seit vielen Jahren Cayce- "Studiengruppen" angehörten, haben (nach dem Lesen des Buches/der Lehren) erklärt, dass sie glauben Jon ist der Bote, den Cayce voraussagte und die jetzt Jon's Buch und die alten Lehren studieren.

Jon Peniel, geboren in den USA, begann sein Training in dem Tibetischen Kloster der Kinder, während er noch ein Teenager war. Dort lernte er, trainierte und wurde spirituell erleuchtet. Nach der prophezeiten Zerstörung von dem Kloster wurde ihm die Aufgabe gegeben, ihre Lehren öffentlich für die Welt freizugeben (ebenfalls durch seine Lehrer prophezeit). Er ist jetzt das internationale Oberhaupt von dem Orden und ist nach wie vor dabei, die antiken Lehren zu enthüllen (welche dieses Booklet zum kleinen Teil beinhaltet) und hat die dazugehörige Information von der legendenumwobenen "Halle der Aufzeichnungen", die zwischen der Sphinx und der Große Pyramide begraben ist, veröffentlicht.

Für viele haben die antiken Lehren den Durst einer lebenslangen spirituellen Suche gelöscht. Sie stellen endlich die einfache reine Wahrheit und Antworten zu Verfügung, welche "Sinn machen" in Bezug auf Fragen über das Leben, über Gott, die Schöpfung, den Grund für unsere Existenz, was auf uns zukommt, was wir tun können, und vieles mehr. Siehe bitte hinten in diesem Buch nach Information über unsere Bücher, Seminare und unsere verblüffenden Hilfsmittel für Körper/Verstand/Geist, oder geh auf www.atlantis.to [nicht ".com"].

[Das folgende Buch ist eine bearbeitete Abschrift aus einer Reihe von Vorträgen, die Jon im Februar 2001 vor Novizenmönchen hielt. Er ist eine humorvolle Person und macht gelegentlich "da draußen" Scherze, du wirst deshalb das Booklet mehr genießen, wenn du keine zu ernste Person bist.]

Unter-Kapitel Eins – Erschießt Mich Nicht, Ich Bin Nur der Pianospieler.
{Im Orig.: Don't Shoot Me I'm Only the Piano Player}

Zuerst lasst mich sagen, dass ich nur ein bescheidener spiritueller Lehrer bin. Mein einziges Lebensziel ist es, den Leuten zu helfen, ihre spirituellen Naturen zu entwickeln, zu ihrem ursprünglichen spirituellen Daseinszustand zurückzukehren und um zurückzukehren zur Einsheit mit dem Universalen Geist/Gott. Ich bin kein UFOloge, und es ist nicht mein Fachgebiet. Obwohl ich jene sehr respektiere, die diese Interessen haben, die nach der Wahrheit über sie suchen und die die Wahrheit über sie bloßstellen {A.d.Ü.: siehe z. B. die NICAP UFO Chronologies}, ist das nicht mein Fachgebiet, und ich bin so mit meinen anderen Prioritäten beschäftigt, dass ich keine Zeit dafür habe (zusammen mit vielen anderen Dingen. Zum Kuckuck noch mal, ich bin froh, um mir Zeit für das Badezimmer zu nehmen!) Ich habe auch keine Zeit für Entführungen, und ich wünschte, einige von diesen verdammten Aliens würden uns zufriedenlassen – ich habe Insektenabwehrsprays ausprobiert, und sie funktionieren bei Aliens verdammt noch mal nicht (Scherz). Aber aus welchem Grund auch immer, scheine ich mehr als meinen Anteil an UFO- und Alien-Erfahrungen zu haben, und ich bin gerne bereit, mit anderen jenes zu teilen, zusammen mit den antiken Lehren von Atlantis, was ich über solche Dinge lernte. Außerdem beanspruche ich nicht, ein Experte zu sein, wenn ihr also mit dem nicht einverstanden seid, was ich hier zu sagen habe, oder wenn ihr glaubt, dass ihr helfen könnt, Dinge für mich zu klären, behaltet bitte einfach eure eigene Meinung bei und ändert sie nicht wegen mir – ihr wisst vielleicht viel mehr als ich, und meine Meinungen stammen nur von dem, was ich persönlich erlebt und in den alten Lehren gelesen habe. Es ist aber nicht nötig, mich zu kontaktieren. Ich bin so sehr mit meinen Pflichten als spiritueller Lehrer beschäftigt, dass ich nicht mal allein mit denen Schritt halten kann. Ich denke jedoch, ihr solltet Informationen, die ihr habt, austauschen, und ich denke eines der besten Einsatzmittel, um eure Kommentare und Geschichten auszutauschen und andere zu hören, ist über Jeff Rense auf Sightings.com. {Anm. d. Übers.: Der in diesem Booklet verwendet Begriff "Alien(s)" bedeutet "Außerirdische(r)". In manchen Sätzen behielt ich das englische Wort "Alien" bei. Allerdings denken manche Leute bei dem Wort "Alien" oftmals an "bösartige Kreaturen" (wie sie bspw. in Science-Fiction Filmen wie "Alien vs. Predator" oder dergleichen dargestellt werden). Dies kann aber (wie du gleich lesen wirst) zu einer irreführenden Vorstellung über sie führen. Laut mehreren Quellen soll es vielerlei unterschiedliche Alienrassen geben. Bedenke daher, dass der Begriff "Aliens" sowohl für 'sehr freundliche', außerirdische, hochfrequente Lichtwesen als auch für 'nicht so freundliche' außerirdische Wesen (mit ähnlichem Aussehen wie E.T., nur nicht so harmlos) stehen kann.}

Kapitel Zwei – Die Antiken Atlantischen Lehren über UFO und Außerirdische.

Bevor unser Tibetisches Kloster zerstört wurde, las ich, bzw. hatte man mir eine Reihe von Texten aus der antiken, Atlantischen und Ägyptischen Ära vorgelesen, die von Außerirdischen handeln. Das Folgende ist nur eine Zusammenfassung. Ich weiß, ihr werdet mehr hören wollen, ich weiß, mir ging es auch so, als ich ein Novize war, aber ich habe wirklich keine Zeit, um irgendwelche Fragen zu beantworten, und dies ist kein Thema, das mit eurer spirituellen Entwicklung zu tun hat, oder damit, anderen dabei zu helfen. Jedoch solltet ihr etwas von diesen Dingen hören, also genießt einfach was ihr könnt, und lasst es auf sich beruhen.

Soweit ich mich erinnere, erwähnen die Lehren etwa 40 oder 50 unterschiedliche außerirdische Rassen, die die Erde besucht haben. Viele Leute wollen heutzutage alles was man die "Grauen" nennt, oder ein paar andere Spezies, in einen Topf werfen – aber da gibt es weit mehr. Und unfassbar weit mehr, die die Erde noch nicht besucht haben, und dann viele andere, die sie besucht haben, die aber nur spirituell sind {in höheren Schwingungsbereichen existent} und die keine physische {körperliche} Form haben, wie wir es kennen. Unter jenen, die sie besucht haben, berichten die Texte von der großen Bedeutung der spirituellen Evolution bei den verschiedenen außerirdischen Rassen im Vergleich mit ihrer technologischen Evolution. Es hat mit dem Konzept von irgendeiner Spezies zu tun, die sich ordnungsgemäß entwickelt. Mit anderen Worten, ihre spirituelle Evolution hält mit ihrer Technologie Schritt, oder noch besser, ihre spirituelle Evolution entwickelt sich schneller als ihre physische Technologie. Carl Sagan sprach davon in "Cosmos" {Unser Kosmos, 13-teilige Doku-Serie}. Er stellte die Theorie auf, dass viele Zivilisationen wie die unsere die Stufe der Evolution erreichen könnten, auf der wir sind und die gesamte Spezies zerstören, weil ihre Technologie weiter fortgeschritten ist als ihre moralische, intellektuelle oder spirituelle Entwicklung. Folglich wird die Technologie auf gierige Weise selbstsüchtig und manchmal für Krieg eingesetzt. Aber die alten Lehren besagen, dass viele Außerirdische diesen Punkt in ihrer Entwicklung überschritten haben – DOCH manche "verpassten" es einfach und verblieben eher technologisch entwickelt als spirituell entwickelt, auch wenn sie sich nicht selbst zerstörten. Die Texte besagen, es gibt ein ganzes Spektrum an spiritueller Evolution unter jenen, die gelernt haben, zu anderen Welten zu reisen. Das Spektrum an Außerirdischen variiert außerordentlich – von sehr grausamen tyrannischen Rassen bis hin zu Heiligen oder engelsgleichen spirituellen Außerirdischen, die in den antiken Lehren "Weltraumbrüder" genannt werden. Die Idee ist, dass wenn sich eine Rasse spirituell entwickelt, werden sie nicht nur mitfühlender, freundlicher und harmloser, sondern sie entwickeln sich schlussendlich dahingehend, um nur in den spirituellen Bereichen zu existieren, und haben keinen Bedarf für Maschinen jeglicher Art zum Transport. Es erinnert mich an ein altes Lied von der Gruppe "The Moody Blues". Es heißt glaub ich "Denken ist die beste Art zu Reisen" {Thinking is the best way to Travel} (Ich denke, es ist auf dem Album "The Search for the Lost Chord" {Die Suche nach dem Verlorenen Akkord}). In der Tat, die alten Prophezeiungen besagen, dass während der "Endzeiten", der "großen Reinigung", in die wir jetzt eintreten, dass vielleicht, nur vielleicht, "Weltraumbrüder" eingreifen werden, oder jenen heraushelfen, die es verdienen, während oder nachdem das Schlimmste vorüber ist. Da wir gerade von Liedern und moderner prophetischer Musik sprechen, Neil Young hat ein Lied darüber, es heißt "After the Gold Rush". Jedenfalls, aus demselben Grund verblieben jene Rassen, die weniger oder keine spirituelle Evolution hatten, nach wie vor in physischen Körpern und benötigen eigentlich noch auf die eine oder andere Art ein physisches Fluggerät, um das Universum zu bereisen. Es gibt eine besondere Warnung in den Texten über "zigarrenförmige" Fluggeräte – die besagt, dass jene, besonders böse Wesen wären und die uns mahnt, sich vor ihnen in Acht zu nehmen. Doch nochmals, das generelle Konzept ist dieses. Obwohl es theoretisch für Leute möglich war, eine anständige Rasse, eine freundliche Rasse zu sein und trotzdem in physischen oder halb-physischen Körpern zu sein, und physische oder halb-physische Technologie für die Raumfahrt zu entwickeln, waren im Allgemeinen, wenn du die Dinge wirklich klarstellen und dichotomisieren wolltest, die einzigen wirklich, *wirklich* guten außerirdischen Wesen Lichtwesen, Wesen, die vollends in den schneller vibrierenden Bereichen leben, den Bereichen, die wir spirituell {geistig-seelisch} nennen. Das ist manches von dem, was als UFO's gesehen wird – wenn Leute einen Lichtball {weißes Leuchtobjekt} umherflitzen sehen – ist es vielleicht nur das aurische Feld von irgendeinem hoch entwickelten Wesen. Selbst jene Wesen müssen jedoch vorsichtig sein, denn wenn sie ihre Schwingungsfrequenz zu sehr verringern, um sich mit den physischen Bereichen auf dem Planeten Erde zu verbinden, werden sie gegenüber den physischen Gesetzen dieses Bereichs empfänglich. Sie können sogar das Problem haben, das Menschen schon vorher hatten, denn wenn sie in den physischen Schwingungsebenen zu sehr in die Materie der Erde verstrickt werden, können sie ihr Bewusstsein für ihren spirituellen Zustand verlieren, ihre Einsheit mit dem Universalen Geist/Gott, und können gefangen werden und hier stecken bleiben, wie wir es taten. Sie müssen also in den meisten Fällen etwas distanziert bleiben. {Anm. d. Übers.: Im obigen Abschnitt ist mit "dichotomisieren" gemeint, eine Unterteilung in zwei gegensätzliche Gruppen oder Arten vorzunehmen, wie z. B. in "männlich/weiblich" oder "gute/böse" etc.}

Kapitel Drei – Meine Frühen Erfahrungen

Dies wird eine Kombination von Geschichten sein, einige davon werden direkte persönliche Erfahrungen sein, die ich hatte, gemischt mit "Hörensagen". Allerdings kommt das Hörensagen nicht nur vom "beiläufigen Gerede", es kommt von, was ich als äußerst zuverlässige Quellen erachte.

Meine frühesten Erfahrungen nehme ich an, zählen nicht, denn ich bin mir nicht wirklich sicher, was sie waren. Deshalb werde ich sie nur kurz ansprechen. Einmal als ich ungefähr 15 war, sah ich etwas, das auf die stereotypische Beschreibung eines Ufos {Unidentified Flying Object} zutraf, das in der Nähe von Los Angeles flog. Ich war damals auf einem "Geländemotorrad" {dirt bike}, ganz in der Nähe des Randgebiets der Stadt, und versuchte ihm zu folgen. Ein paar meiner Freunde dachten, es wäre der Goodyear-Zeppelin, der den Leuten einen Streich spielte, indem er mit seiner scrollenden Leuchttafel ein UFO imitierte. Jedenfalls konnte ich nicht Schritt halten mit ihm. Ich fuhr etwa

65 Meilen pro Stunde {ca. 105 km/h}, und das Ding hängte mich ab. Ich denke nicht, dass deren Zeppelin so schnell ging, und außerdem steuerte er auf Santa Barbara zu, was auch keinen Sinn machte für einen Zeppelin, der über dicht bevölkerten Gebieten von L.A. {Los Angeles} für Reklamezwecke eingesetzt wurde. Vielleicht war es irgendetwas Experimentelles. [Ziemlich langweilig, oder? Keine Sorge, wir werden einigen wirklich guten Stoff ergründen, vor allem in Band 2 dieser Serie.]

Das andere Vorkommnis war seltsamer. Ich bin mir nicht wirklich sicher, ob es eine Geist-Begebenheit oder ein UFO-Vorkommnis war, oder beides, wegen seiner Art von kombinierten Aspekten aus beidem, daher werde ich diese Geschichte wohl einfach überspringen und sie für Halloween aufheben, denn ich habe so viele andere Erfahrungen, die zweifellos direkte UFO-Vorkommnisse waren. Vielleicht bringen wir eines Tages ein Buch über Geister- und paranormale Begebenheiten heraus, oder machen mit Jeff Rense eine Spukgeschichten-Show an Halloween oder so, und dann erzählen wir die Geschichte.

Erforderliche Voraussetzungen für die Kommende Geschichte

Bevor ich auf die erste Geschichte eingehe, muss ich euch einige Dinge erzählen, die ihr zuerst wissen müsst, um es richtig zu verstehen. Sie mögen im Augenblick bruchstückhaft, irrelevant oder belanglos erscheinen, aber dennoch gibt es einen Bezugspunkt zu ihnen.

Erstens, bis etwa Mitte der '70'er, gab es in Hawaii viele UFO-Sichtungen, insbesondere in Maui, und dann stoppten sie plötzlich eines Tages. Ihr werdet es später in der Erzählung verstehen.

Zweitens, nicht alle UFO's sind extraterrestrisch. Ich weiß, dass manche von euch Experten sagen, "Jaah, na und, was also gibt's sonst noch neues". Doch ich spreche nicht nur von experimentellen Regierungs-UFO's {siehe z. B. VZ-9AV; VZ-1 Pawnee}, oder von Hybrid-Fluggeräten {siehe z. B. P-791.}, ich spreche von antiken Fluggeräten, die noch auf der Erde sind. Ich schätze also, ich sollte dazu sagen, dass nicht alle UFO's extraterrestrische oder *moderne terrestrische* Fluggeräte sind.

Damals in den alten Tagen (als ich jünger war!) vor der Polverschiebung, vor der "großen Flut", und der Zerstörung von Atlantis und so vielen anderen Orten, setzten einige von den Rassen auf der Erde terrestrische Fluggeräte ein, die, wenn man sie in der heutigen Zeit sehen würde, als UFO's angesehen würden (und wurden). Sie waren nicht wirklich zwischen einem extraterrestrischen Vehikel und einem terrestrischen Vehikel zu unterscheiden.

F: Waren die terrestrischen Fluggeräte größtenteils auf die Erde beschränkt?
A: Na ja, sie wurden dafür gemacht (Für terrestrisches Reisen, nicht für extraterrestrisches Reisen).

F: Und benutzten sie Tunnel in der Erde?
A: Ja. Aber du greifst mir voraus. Das wird später in ein paar anderen Erzählungen erörtert werden [einige davon in Buch 2].

Schließlich ist da noch mein Ausflug nach Kanada, als ich ein Kind war. Spannend hä? Kein Bier, hä?

Als ich etwa...15 war, machte ich mit meinen Freunden von Südkalifornien aus einen Ausflug nach Kanada (einer von ihnen war mein bester Freund John, von dem ihr vielleicht in "Den Verlorenen Lehren von Atlantis" gelesen habt). Nahe des Mt. Shasta stoppten wir bei einem einfachen Restaurant, um etwas zu essen. Es hatte einen herrlichen Ausblick auf den alten Vulkan und ein interessantes Wandbild davon an der Wand hinter der Theke. Das Wandbild war sehr ausgefeilt und detailliert – aber auch etwas seltsam. Was daran so auffallend und ungewöhnlich an ihm aussah, war, dass es den Shasta darstellte, als würden 3 Lichtstrahlen aus seiner Spitze kommen und in den Himmel schießen. Es waren sehr breite und helle Strahlen. Ähnlich wie beim Luxor-Hotel in Las Vegas (sie klauten vermutlich die Idee vom Shasta!). Später in meinem Leben, während meiner Tage in dem Kloster, bedeuteten diese Lichtstrahlen dann etwas ziemlich Interessantes, Seltsames und auch Amüsantes.

Wir alle bemerkten die Strahlen in dem Wandbild und wollten wirklich danach fragen, doch wir waren alle recht schüchterne, scheue Kinder, der älteste von uns erst 16. Und wir fühlten uns von dem Mann, der die Gaststätte führte, ziemlich eingeschüchtert. Das Esslokal war ein Ein-Mann-Betrieb – der Chef war auch die Kellnerin (obgleich er sich nicht rasierte, deshalb war er als Kellnerin nicht sehr attraktiv). Er sah derb aus, als wenn er gerade aus dem Gefängnis kam. Aber mit der Zeit, und wir machten ihm ein Kompliment für seine Burger, erwies er sich als sehr freundlich und umgänglich. Also stellte ich "die Frage aller Fragen". Auf das Wandbild hinzeigend, fragte ich, "Was hat es mit den drei Lichtstrahlen auf sich, die da aus dem Mount Shasta herauskommen?" Er sagte, er wüsste es nicht, aber dass jeder hier, hin und wieder, vielleicht etwa einmal pro Monat oder so, diese Lichtstrahlen sehen würde, die aus dem Gipfel des Mount Shasta schießen. Aber niemand wusste warum. Die Person, die das Wandbild anfertigte, wohnte dort in der Nähe, also beschloss er, sie rein zu malen. Sobald er erst mal ins Reden kam, hörte er nicht mehr auf. Er erzählte uns verschiedene Geschichten über Leute, die dort Wandern gingen, und von den seltsamen Dingen, die ihnen widerfuhren. Zum Beispiel würden sie auf einen bestimmten Teil des Berges wandern und plötzlich extrem ausgelaugt sein – so erschöpft, dass sie nicht mehr weiter Wandern könnten und kehrtmachen würden. Sobald sie dann begannen, woanders auf dem Berg zu wandern, fühlten sie sich gut. Dann gab es noch die Sache mit dem Holzfällen... {A.d.Ü.: Apropos "Holzfällen" – sieh dir den Film "Feuer am Himmel" an, der die Erlebnisse von Travis Walton schildert.}

Zu jener Zeit ergab es keinen Sinn für mich, doch später... na ja, ich will den Teil über die Lichtstrahlen nicht vorwegnehmen, aber ich kann euch schon mal erzählen, dass die Vorkommnisse, in denen erfahrene Wanderer zu ausgelaugt waren, um weiterzugehen, mit antiken Energievorrichtungen zusammenhängen, wie wir sie in der Nähe der Klöster in Tibet und Spanien hatten – Vorrichtungen, die den Leuten ihre Energie "durcheinanderbrachten", damit sie nicht weitergehen und uns entdecken oder stören konnten. Meines Wissens nach würde das nur alte Atlantische Technologie verrichten. Es ist ein

Verfahren zum Erzeugen eines harmlosen Abwehrsystems, weitaus überlegener als mit elektrischen Zäunen, Wachen oder ähnlichem. In Tibet wurden Bergsteiger und Forscher derart "fertiggemacht", dass sie einfach nicht mehr nach dorthin weiterkommen konnten, wo du sie nicht haben wolltest.

F: Gab es in Spanien ein anderes Kloster?
A: Ja, in den Pyrenäen. Eines der antiken war dort. Ebenso in Yucatán.

F: War das, während du zum Gipfel oder zu bestimmten Teilen des Berges gingst?
A: Na ja, ich stieg niemals selbst auf den Shasta, also kann ich nur weitergeben, was ich gehört habe. Ich habe es auch von anderen Leuten gehört, die in der Stadt Shasta zu New-Age-Läden gingen oder Exerzitien besucht haben. Ich habe unterschiedliche Gerüchte von Leuten gehört, die über solche Dinge sprachen, weil sie den Berg erforschen wollten. Ist dir das passiert? [Jon schaute auf einen der Mönche] Ist jemandem so etwas Ähnliches passiert. Hast du das beim Wandern dort erlebt?

[Mönch im Zuhörerkreis]: Etwas anderes. Einmal ging ich zum Campen dorthin. Es war stockfinster. Ich schlug ein Zelt auf und da waren keine Sterne. Du konntest nicht mal die Bäume sehen, doch plötzlich war da Licht von einem Kreuz, das auf mein Zelt strahlte. Du konntest die Bäume nicht sehen, aber du konntest dieses strahlende Kreuz sehen!

A: Uhuh, das war wahrscheinlich von diesem Schauspieler, der Crocodile Dundee spielt. (er machte einen Film, der hieß "Almost an Angel" {Beinahe ein Engel - 1990} worin er ein ferngesteuertes Licht auf ein Kruzifix takelte).
      Jedenfalls, ein paar Jahre später, nachdem ich ein Novizenmönch geworden war, kam ein weiterer von unseren initiierten Lehrern aus einem anderen Kloster zu uns auf Besuch. Er verspätete sich um gut einen Tag oder zwei – er kam nicht an, als er erwartet wurde, und es gab keinen erkennbaren Grund dafür. Natürlich war ich nicht sehr sachkundig, war auch nicht in viele Dinge eingeweiht, denn ich war zu jener Zeit nur ein Novize. Ich wusste, dass der Telefonservice in abgelegenen Teilen des Himalayas nicht sehr gut war [Scherz]. Als er schließlich dort ankam, erzählte er nach einem Treffen mit meinem Lehrer allen anderen während eines Meetings, was ihm geschehen war. Er wurde... ihr würdet es nicht Entführung nennen, er wurde *gefragt,* ob er mitkommen wollte. Zwei menschliche Wesen (die sich als direkte Nachkommen von Atlantern herausstellten) fingen ihn ab. Dies ist gewissermaßen auch eine wundersame Sache... Sie benutzten, was beschrieben wurde als Lemurisches terrestrisches Fluggerät (welches sich sehr von den Atlantischen Versionen unterscheidet), jedoch waren diese Leute Atlanter, nicht Lemurier. Eine Art von Lemurischem Fluggerät- jenes, welches der Lehrer beschrieb, ist wie eine kreisförmige Plattform, auf die du trittst und eine Art Stange hältst. Jedenfalls nahmen sie ihn mit zum Mt. Shasta, und ins INNERE des ruhenden Vulkans. Er sagte, sie erklärten, dass dort eine Kolonie von Atlantern war (oh... dies ist in dem Buch 'Die verlorene Lehren von Atlantis' oder zumindest ein bisschen

davon). Sie waren eigentlich reinblütige genetische Nachkommen der ursprünglichen Atlanter. Und ihre Gemeinschaft war tatsächlich innerhalb des Mt. Shasta. Er sagte, sie machten mit ihm eine komplette Besichtigung (stellt euch vor, eine geführte Besichtigung, und sie verlangten von ihm nicht mal was dafür!) [Scherz]

F: Bekam er irgendwelche Souvenirs? [Novizenmönch scherzend]
A: Nein, keine Mickey-Mouse-Ohren, nichts außer einem Schmuckanhänger.

F: Was machten diese Leute?
A: Diese Leute? Sie waren Atlanter. Sie erzählten ihm, warum sie dort waren
- - - Wenn du bisher nichts darüber gelesen oder erfahren hast, da war vor langer Zeit ein großer Krieg zwischen Atlantis und Lemurien. Die Atlanter siegten. Die letzte Schlacht fand dort statt, was jetzt Maui ist, an einem Ort, der auch für Hawaiianische Kriege berühmt ist, und für das Blutvergießen aller Maui Krieger. Jedenfalls, die Lemurier zogen sich immer weiter zurück, und schließlich zogen sie sich in einen inner-Irdischen Tunneleingang zurück. [Eine wichtige Randbemerkung: Zu jener Zeit gab es ein ausgeklügeltes unterirdisches Netz von Tunneln, das primär zum Reisen benutzt wurde. Die Atlanter, Lemurier und andere Gruppen, die die Technologie hatten, um das machen zu können, bauten dieses innerweltliche Tunnelnetzwerk, in dem sie flogen, anstatt am Himmel zu fliegen. Nicht, dass sie es nicht taten oder nicht am Himmel fliegen konnten, aber für lange, schnelle Reisen verhinderten die Tunnel alle Arten von Problemen in Zusammenhang mit Tieren, Windangelegenheiten, Luftangelegenheiten, Turbulenzen jeglicher Art, klimatischen Gegebenheiten, ausgefallenen Flügen, wütenden Flugpersonal etc. – die Tunnel beugten allen atmosphärischen Nachteilen auf Reisen vor.] {Anm. d. Übers.: Siehe dazu auch die Legenden der amerik. Ureinwohner... suche z. B. nach 'ancient, hopi, inner earth tunnel, histoppa, patuwvota'}

F: Die Lemurier haben das getan?
A: Nimm deine Hände von deinen Ohren. Es war eine Gruppenbemühung. Da waren unterschiedliche Rassen auf der Welt, die diese Technologie hatten.

Die Lemurier zogen sich also in einem der Einstiegspunkte zurück und dieser war in dem Gebiet, das man später den Mondkrater {Haleakala Crater} nennen würde, in der Nähe von Iao. Nachdem sie sich darin zurückgezogen hatten, versiegelten die Atlanter den Einstiegspunkt im wahrsten Sinne des Wortes mit Lasern – im Grunde genommen versiegelten sie sie in der inneren Erde. Sie schnitten sie auch von ihren Tunnelzugängen ab, damit sie nirgendwo sonst hingehen konnten (dennoch taten sie es letzten Endes).

[Geräusche, die wie Klopfen klingen, sind im Hintergrund zu hören]:

[Jon]: Jedes Mal, wenn wir darüber reden, geschehen seltsame Dinge! Na ja, nicht jedes Mal, aber es reicht, um ziemlich absurd zu sein. Dies ist ein interessanter Nebeneffekt, der beim Reden hierüber auftritt. In der Vergangenheit hatten wir Klopfen, welches aus dem Untergrund kam, unter

9

massivem Fels, genau dann, wenn ich über dieses Thema gesprochen habe. Üblicherweise tritt es auf, wenn ich jemandem etwas von den antiken Prophezeiungen darüber erzähle, auf welche Weise die Lemurier eines Tages aus der Inneren-Erde ausbrechen und die Menschheit angreifen sollen. Und dieses Klopfen hat sich auch nur dann ereignet, während wir in bestimmten abgelegenen Gebieten darüber gesprochen haben – Gebiete, wo es einige sehr ungewöhnlich aussehende Felsformationen gibt – Stellen, wo es Einstiegspunkte gibt und wo die Tunnel sehr flach sind. Es ereignete sich zum Beispiel außerhalb von Sedona, und in einem anderen Gebiet in der Wüste nördlich von Phoenix, in dem es einen perfekt runden, kreisförmigen Bereich im Felsen gab, etwa zwanzig Fuß {ca. 6 Meter} breit. Er hatte diese Linien ringsherum, die zum Zentrum des Kreises verliefen, als ob jemand einen großen Kuchenschneider nahm und ihn in acht Stücke Kuchen zerteilt hatte. Das war eine spezielle Art von einem der alten Einstiegspunkte, und der würde sich so ähnlich öffnen wie im Film 2001, wenn sie die Kuppel zeigen, die die Mondlandebasis schützt, die sich dann öffnete, um eine Landung zu ermöglichen. Die Kuppel öffnete sich ähnlich wie Kuchenstücke, die sich einziehen und in den Boden gehen.

Jedenfalls, wenn wir in Gegenden mit Einstiegspunkten sind, bringt es diese Geschichte immer in Erinnerung. Also erzähle ich sie, und tatsächlich, "klopf, klopf, klopf". Sehr eklatant und auch deutlich – keine Täuschung der Ohren oder dergleichen. Und hohl, echohaft klingend. Und um eine häufige Frage zu beantworten, nein, niemand war "auf" irgendetwas {Trip}. Es war ein ziemlich deutliches Signal wie, "Yep, wir sind hier unten und wir hören euch zu." Und natürlich, wie ich zuvor sagte, sollen laut den antiken Prophezeiungen Der Kinder von dem Gesetz des Einem, die Lemurier aus dem Untergrund ausbrechen und die Menschheit angreifen, etwa um die Zeit der großen Erdveränderungen – deshalb ist es besonders unheimlich und erschreckt die meisten Leute. Doch die alten Prophezeiungen besagen auch, falls und wenn das passiert, dass Thoth's mächtiges terrestrisches Schiff von Initiierten gefunden wird, die wissen werden wie es zu bedienen ist, und dass die Lemurier wieder besiegt werden und in den Untergrund getrieben werden. Dies ist das gleiche Schiff, dessen Antigravitationsfähigkeiten den Bau der Großen Pyramide und ihrer dazugehörigen Pyramiden ermöglichten, und das unter der Sphinx begraben wurde. Es könnte das Schiff sein, das auch zur Hilfe eingesetzt wurde, um das Tibetische Kloster zu bauen, aber das wurde mir nie erzählt, nur dass eines dabei eingesetzt wurde.

F: Die Lemurier, sind sie Söhne von Belial oder die von der Zweiten Welle? *[wenn du nicht weißt, was das bedeutet, es ist eine Bezugnahme auf Angaben, die in "Die Kinder von dem Gesetz des Einem & die Verlorenen Lehren von Atlantis" stehen.]*
A: Nein, sie sind ihre eigene Rasse – eine Art Hybrid {planmäßige Kreuzung}. Die Söhne von Belial sowie die Kinder von dem Gesetz des Einem waren beide Atlanter, beide von der zweiten Welle.

F: Könnte es möglich gewesen sein, dass Lemurier sich über den Punkt hinaus entwickelt hatten, wo sie vogelköpfig mit menschlichen Körpern waren?

A: Es gibt allerlei Möglichkeiten, dass sie sich zu dem entwickelt haben könnten, was wir als normal aussehende Menschen erachteten, oder zu Basketballspielern. Aber noch etwas, das seitdem definitiv geschah, ist, dass Lemurier sich durch Reinkarnation aus ihrer Rasse entwickelt haben. Es gibt eine Menge Leute, die einmal Lemurier waren, die jetzt gerade herumwandeln, genauso wie es Leute aus Atlantis gibt, die Halb-Tier Halb-Mensch waren, die jetzt herumwandeln und für das ungeübte Auge normal aussehen. Du kannst, wenn du feinfühlig bist, noch immer Leute herauspicken, 'Mann, diese Person scheint wirklich auszusehen wie ein Schwein oder wie ein Dachs oder ein Wiesel'. Es gibt so viele unterschiedliche Arten von Dingen, die du bemerken kannst. Reinkarnierte ehemalige Lemurier haben üblicherweise eine schnabelhafte Nase, und sie haben diese subtilen vogelartigen Eigenschaften. Die Art, wie sie ihren Kopf bewegen und auf Dinge blicken, und ihre Art wie sie ihre Augen bewegen. Sie haben nicht immer jene Eigenschaften oder gar alle davon, aber in einigen Fällen schon.

F: Als damals die von der zweiten Welle in die Ebene der Erde hereinkamen, materialisierten sich da manche auf der Erde an unterschiedlichen Orten?
A: Ja.

F: Also war Atlantis ein Ort, wo die Lemurier sich materialisierten?
A: Nein, sie gingen woanders hin – Lemurien, um genau zu sein. Die Lemurier sind gewissermaßen ein Glücksfall – sie gehörten eigentlich zu jenen von der ersten Welle, die es nicht komplett "verloren" haben. Weil sie, nochmals, zum Teil Tier waren, aber sie verloren nicht so viel Bewusstsein, wie die anderen es von der ersten Welle taten, wobei sie so sehr in die materielle Ebene verstrickt wurden, dass ihr spirituelles Bewusstsein und ihre Fähigkeiten verschwunden waren. Die Lemurier hielten noch ziemlich viel davon aufrecht. Sie waren sehr psychisch, sehr kraftvoll, und extrem intelligent – so sehr, dass sie noch immer fähig waren, flügellose Flugmaschinen zu bauen.

F: Waren sie Tiere?
A: Sie hatten Vogelköpfe, menschliche Körper.

F: Bloß Vogelköpfe und menschliche Körper?
A: Ja. Weshalb es auch viele Verbindungen mit antiken archäologischen Funden gibt, und soziologische Aspekte, die mit vogelköpfigen oder gefiederten Kreaturen in Zusammenhang stehen, bei dem, was von den nicht-versunkenen Teilen verblieb, was einst Lemurien war. Genauso wie die Überreste von Atlantis größtenteils unter dem Atlantik und den Karibischen Gebieten sind, war Lemurien in zahlreichen Teilen das, was jetzt der Pazifische Ozean ist. Die Westküste eines Großteils von Gesamtamerika war am Rande von Lemurien. Sie finden noch immer antike Zeichnungen von vogel-köpfigen Menschen an den Westküsten Gesamtamerikas und auf einigen der Pazifischen Inseln. Und der Einfluss ist auch in vielen der Polynesischen Kulturen zu sehen, wo sie für das Königtum oder für besondere Anlässe diesen knallbunten Vogel benutzen, bunte Vogelfedern für Umhänge und diese riesigen Hüte {Mahi'ole} mit diesem

spitz zulaufenden kakaduhaft gefiederten Aussehen und dergleichen. {Anm. d. Übers.: Die Hawaiianer glaubten, dass die Körper ihrer Götter vollständig mit Federn bedeckt waren. Wenn sie daher Bildnisse von ihnen herstellten, bedeckten sie diese (siehe z. B. 'Aumakua Hulu Manu') auch mit Federn.}

F: Du fingst an zu sagen, dass die Lemurier an einer Stelle in Schach gehalten wurden.
A: Na ja, sie wurden darin versiegelt.

F: Sie wurden versiegelt?
A: Sie wurden darin versiegelt.

F: Ist das nur ein bestimmter Abschnitt, anders als die anderen Stellen auf Erden... (zu weit entfernt, um es zu hören)
A: Ja, ihre Zugangstunnels wurden abgeschottet. Aber du weißt ja, dass es nur eine Frage der Zeit ist... bevor sie rauskommen.

F: Wie aber würden sie innerhalb der Erde leben?
A: Sie waren auf dem Rückzug, und es gab unter Tage bereits eine Menge Ausrüstung, sie haben dort unten keine Städte gehabt, doch sie hatten die Mittel, um zu leben und um die Mittel zum Leben weiterhin herzustellen. Sogar manche Menschen wählen es, in unterirdischen Häusern zu leben, und natürlich ist es allgemein bekannt, dass die Regierung es für hohe Beamte einrichtet, vollkommen unterirdisch für sehr lange Zeiträume zu überleben. Es ist also nicht schwer zu verstehen, wie eine noch fortgeschrittenere Kultur es für Generationen schaffen konnte.

F: Was verursachte den Krieg? (?)
A: Ich denke, es war ein Kampf um den Tempelberg von Jerusalem (Scherz). Dies schweift jetzt ziemlich vom Thema ab, und es wäre eigentlich besser, wenn du dir deine Fragen bis zum Ende aufsparst, aber egal, wir können es später ausblenden, wenn wir wollen.

Wie auch immer, kommen wir auf die Erzählung zurück, wir sprachen von terrestrischen Fluggeräten, und wie es damit zusammenhing, dass im Mt. Shasta eine Atlantische Kolonie war. Sie erklärten diesem Lehrer, den sie dort hinbrachten, dass der Grund, warum sie dort waren, der war, weil sie sicherstellen wollten, dass die Lemurier nicht vor der vorausgesagten Zeit zum "Ende der Welt wie wir sie kennen", herauskommen. Sie sagten, dass sich ihre Zeit als Hüter wegen der sich nähernden Endzeiten ebenfalls dem Ende neigte und dass die Gemeinschaft im Begriff war, Mitte der 70'er zu gehen.

F: Die Wächter?!?
A: Ja. Und um nochmals auf dem Punkt zurückzukommen... Da die inner-Irdischen Tunnelsysteme nicht mehr ordnungsgemäß funktionierten, nicht mehr sicher waren, setzten sie sogar ihre terrestrischen Schiffe in der Atmosphäre ein. Sie machten häufig Ausflüge, flogen vom Shasta nach Hawaii, insbesondere über Maui. Sie wussten, dass es Fortschritte bei den

Zugangstunneln gab und dass die Siegel gebrochen waren, sie hatten allerdings nur dafür zu sorgen, dass sie nicht herauskamen und angriffen. Sie sandten also unseren Lehrer zurück, und eines Tages waren sie nicht mehr länger im Shasta.

Zurück zum vorherigen Teil der Geschichte, als ich euch von den Lichtstrahlen in dem Wandbild erzählte, genau hier knüpft das an. Während der Besichtigung, die die Atlanter ihm zukommen ließen, zeigten sie ihm ihr Abfallentsorgungssystem. Das bezog im Wesentlichen ein Gerät mit ein, das Materie auflöste oder verdampfte, sie entweder in Licht umwandelte, oder in Partikel, die durch Licht befördert werden konnten. Sie nahmen all ihre Abfallprodukte und verdampften sie zu Licht und schossen sie gelegentlich durch den Gipfel des Vulkans in den Weltraum hinaus – wann immer der Papierkorb voll wurde oder die Kanalisation verstopft war, schätze ich! Das waren die Lichtstrahlen, welche diese Leute sahen!

F: Mülltag?!
A: Ja [Gruppengelächter] genau. Den Müll rausbringen. So seltsam wie es scheint. Da gab es nichts wirklich Profundes zum Erläutern oder irgendwas Mystisches – es war nur um ihren Müll loszuwerden.

Jedenfalls ist das der Grund, weshalb es früher häufiger eine Menge Sichtungen über jenen Gebieten zwischen Kalifornien und Hawaii gab, dann wurden sie immer spärlicher und hörten auf.

In der Zwischenzeit dann, lasst mich überlegen... Eines Tages brachten mich meine Reisen schließlich nach Maui. Und aufgrund von den Lehren und den Erzählungen, die ich hörte, wollte ich die Stelle, wo sie abgeschottet wurden, wirklich überprüfen – es klang so faszinierend. Es ist auf natürliche Weise geschützt, umgeben von steilen Klippen. Es ist ein wirklich heimtückisches Gebiet. Und es bekommt eine absurde Menge Regen ab, ich denke, es könnte die höchste Menge- oder die zweithöchste in der Welt sein-? Deshalb ist es immer nass und glitschig. Ich war einige Male auf Maui, kurz bevor und nachdem die Atlantische Kolonie verlassen wurde. Anfang/Mitte der '70er nahm ich an, die Patrouillen hätten aufgehört. Ich versuchte erst mal einen Führer zu finden, einen ortsansässigen Hawaiianischen Führer, der mich in das Gebiet bringen würde. Ich war auf Bergsteigen & Abseilen vorbereitet, was auch immer nötig war, um es zu überprüfen. Aber nicht nur, dass ich niemanden bekommen konnte, um mich dort hinzubringen, jedes Mal, wenn ich es jemandem vortrug, blickten sie nach unten und es überkam sie dieses sehr schwere Gefühl. Und ich bekam nahezu die gleiche Antwort bei jedem – "Ähm, weißt du, das ist nicht gut, du solltest lieber nicht dorthin gehen, und es sind viele Leute dort hingegangen und nicht zurückgekommen. Es ist zu gefährlich, sehr gefährlich. Geh stattdessen zum Haleakala, da kann man schöne Wanderungen machen, ich bring dich *dort* hin, wenn du willst."

Ich fragte eine Menge Leute danach, ob sie mich von dort zurückholen könnten, und ich bekam eine Menge Absagen und hörte eine Menge unterschiedlicher Geschichten darüber, warum Leute nicht wieder herauskamen. Die häufigste logische Geschichte war, dass es eine so heimtückische Kletterei war, dass Leute dabei umkamen und sie deshalb nicht mehr rauskamen. Und dann gab es noch andere Geschichten, die ziemlich wild waren, etwa dass dort

Dinosaurier wären. Eine andere Geschichte war, dass es dort einfach so unglaublich paradiesisch war, dass es niemand mehr verlassen wollte. Natürlich wusste niemand irgendetwas über die Atlantischen/Lemurischen Geschichten. {Anm. d. Übers.: In Bezug auf Dinosaurier – kennst du die Caria-Artefakte aus Italien oder die ICA-Steine [nicht die Fälschungen, sondern jene, die man 2002 am Berg Cerro Blance in 2 m Tiefe fand] aus der Nazca-Ebene in Peru?}

Damals hatten sie die Gegend noch den Mondkrater genannt, und aus irgendeinem Grund änderten all die Geschäfte, die diesen Namen, wie etwa "Mondkrater Donuts" oder was auch immer verwendeten, gleichzeitig ihre Namen. Urplötzlich sollte es nicht mehr so bezeichnet werden, sondern vielmehr das "West-Maui Gebirge" genannt werden. Dies schien mit dem übereinzustimmen, was eine staatliche Entdeckung von Lemuriern sein hätte können, und/oder von einem Tunnelzugang und/oder von Außerirdischen. Mehr als einmal sahen wir einen militärischen Geländewagen {Hummer} auf einer unglaublich steilen Zufahrt in Richtung des Kraters hinauffahren, und natürlich, ungekennzeichnete Hubschrauber. Und natürlich gibt es heutzutage "Zutritt Verboten" Schilder um das ganze Gebiet herum – einige staatlich, einige privat, die keinen Sinn machen.

Vor etwa einem Jahrzehnt richteten wir an der Küste von West-Maui ein Tonstudio ein und versuchten dort ein paar Aufnahmen zu machen. Wir hatten allerlei technische Probleme mit unserem Equipment, sehr bizarre Probleme, wie etwa digitale Programme, die sich von selbst veränderten. Aus dem nichts heraus wechselten Synthesizer einfach die Patches {Klangprogramme}, z. B. von einem Violinenklang zu einem Banjoklang oder was auch immer, und sprangen einfach wild hin und her. Andere Dinge wollten gar nicht mehr funktionieren oder klemmten – alles verhielt sich sehr seltsam. Die örtlichen Musikläden versuchten uns auszuhelfen. Sie sagten, "Na ja, es ist das Stromsystem auf Maui. Es ist ziemlich archaisch und die Stromqualität ist, was du vielleicht als 'schmutzig' bezeichnest und du weißt ja, da gibt es Probleme mit der Spannung und den Spannungsspitzen etc., deshalb benötigst du diese Power Conditioner". Also besorgten wir Power Conditioner {Netzstrom-Aufbereiter} und sie haben nicht geholfen. Und dann eines Tages, hatte ich eine Boombox {Ghettoblaster/Radiorecorder}, bei der das Radio eingeschalten war, und bewegte sie von einer Seite des Raums zur anderen. Ich bemerkte, dass sie in einem Teil des Raums prima funktionierte, und dann ging ich zu einer anderen Stelle des Raums und dieses wirklich seltsame, sehr intensive elektrostatische Störgeräusch machte das Signal der Radiostation einfach komplett platt. Und durch das Herumspielen damit, indem ich mich vor- und zurückbewegte, entdeckte ich, dass es da einen etwa vier Zoll {ca. 10 cm}, ich meine – Verzeihung, vier Fuß {ca. 1,22 m} breiten geradlinigen, ich schätze, man könnte es Pfad nennen, gab, der hier hindurchstrahlte. Erst als das Radio in diesem geradlinigen Pfad war, flippte es aus. Deshalb gingen wir nach draußen und liefen immer wieder hin und her, in den Pfad hinein und wieder heraus, um zu versuchen, die Richtung und den Winkel zu bestimmen, aus dem es kam. Wir schafften es schließlich – es kam genau aus dem Zentrum des Mondkraters. Und um diese Zeit herum fingen wir an, noch mehr Militärfahrzeuge zu bemerken, die da hochfuhren.

F: Die Rückseite?
A: Es kommt darauf an, was du als die Rückseite ansiehst.

Also nahmen wir irgendwann an, dass etwas oder jemand dort irgendwas entdeckt hatte. Etwas anderes oder etwas Neues ging im Inneren des Kraters vor sich. Und um dieselbe Zeit herum, war es so, dass all die Geschäfte mit Namen wie "Mondkrater Café" oder "Mondkrater Reinigung" oder was auch immer, alle ihre Namen von diesem in andere Namen umänderten – alle innerhalb eines ähnlichen Zeitraums. Sie fingen an, es das West-Maui Gebirge zu nennen, nicht den Mondkrater, und damit war es jetzt das "West-Maui Mountain Café" oder was auch immer.

Da war auch noch eine interessante Sache, die sich kürzlich im letzten Jahr ereignete {im Juli 2000}, wo eine Hubschraubertour in diesem Bereich hinüber flog und der Helikopter zerstört wurde. Er war nahezu gänzlich zerstückelt.

F: Fanden sie die Leichen?
A: Ich weiß nicht, ob sie die Leichen fanden oder nicht, aber sie fanden die Wrackteile. Es nahm für sie angeblich zwei Tage in Anspruch, um da hinzukommen. Die Steigung ist in etwa so-[zeigt einen Winkel von 70-80 Grad]. Und sie sollten dort eigentlich nicht fliegen. Ich weiß nicht, was passierte, es war aller Voraussicht nach so, dass die Leute, die an der Tour teilnahmen, den Piloten anbettelten und überzeugten, um sie da rüber zu fliegen, obwohl er wusste, dass es gesperrt war. Die Begründung in den Medien war, dass sie dort eigentlich nicht fliegen sollten, weil die Windströmungen wirklich heimtückisch sein können, was sie gewiss auch sein können, aber...

Eine weitere merkwürdige Sache über den Mondkrater ist, dass er nahezu immer von Wolken bedeckt war. Es konnte vollkommen klar sein, nicht eine Wolke irgendwo in Sicht, und das Zentrum des "West Maui Gebirges" war vollkommen von Wolken verdeckt. Letztes Jahr sahen wir ein paar Vormittage, an denen es allerdings nicht so war.

Kapitel Vier – Ich Lerne eine Sehr Ungewöhnliche UN-Botschafterin Kennen

Okay... also die nächste Phase von unseren UFO-Erzählungen hat mit einer Aufgabe zu tun, die mir nach dem Verlassen des Klosters gegeben wurde – umherzureisen und zu versuchen, zur Kooperation & Kommunikation zwischen verschiedenen spirituellen Gruppen und kleineren Religionen zu ermutigen, sodass sich Leute gegenseitig helfen und eine Einsheit von Geist und Absicht entwickeln könnten. Es gibt viele Gruppen, die wie große abgetrennte Selbsts sind, und doch haben sie sich in vielerlei Hinsicht spirituell entwickelt. Sie haben auch viele Differenzen, die Differenzen sind aber unwichtig im Vergleich zu ihren Gemeinsamkeiten und ihrer spirituellen Entwicklung. Es ist wie diese Darstellung im "Verlorenen Lehren"-Buch über den Berg mit Leuten, die ihre unterschiedlichen spirituellen Pfade hochklettern – sie können nahe am Gipfel sein und dennoch nicht erkennen, dass andere auf einer ähnlichen Stelle sind, um den Gipfel zu erreichen, die Einsheit. Und sie müssen lernen, ihren

Verstand zu öffnen und zu bewahren und müssen lernen, andere zu respektieren. Wenn Leute die Idee der Goldenen Regel gemeinsam zu Geltung bringen können und es zu ihrer Priorität machen, Freundlichkeit, Mitgefühl und Harmlosigkeit vor jede ihrer anderen Überzeugungen zu stellen, spielt es wirklich keine Rolle, was ihre anderen Überzeugungen sind. Es gab vor ein oder zwei Jahrzehnten {im Juni 1976} ein Vorkommnis, das ein Beispiel dafür war, wie das gehen könnte, wenn es mehr Zuwendung und Kommunikation zwischen diversen Gruppen gäbe. Bei einer Yoga-Gemeinschaft, einem Ashram – ich denke sie wurden Ananda Village oder so ähnlich genannt, gab es ein wirklich schlimmes Feuer – es war Teil des großen Waldbrands in der Nähe von Nevada City in Kalifornien. {Anm. d. Übers.: Ananda war der Name des Lieblingsjüngers von Buddha}

F: Ananda?
A: Ja, ich denke, es war Ananda. Ein wirklich schlimmes Feuer {A.d.Ü.: 21 von ihren 22 Häusern wurden zerstört}, und sie bekamen Unterstützung von vielen verschiedenen spirituellen Gruppen. Aber einer der alleinigen Gründe war..., na ja, es gab zwei Gründe, einer war, dass sie sehr populär und gut akzeptiert waren, weil es im Grunde eine beliebte, auf Yoga basierte Gemeinschaft war. Der andere war, es sprach sich herum, denn es war ein sehr großer Waldbrand und das gesamte Gebiet erstreckte sich nicht nur auf ihr Ashram. Deshalb hörten es viele spirituell orientierte Leute und andere Gemeinschaften in den Nachrichten und von Mund zu Mund, obwohl kein richtiges kooperatives Kommunikations-netzwerk der spirituellen Gemeinschaft aufgebaut war.

Dass Leute sich einander helfen, ist so wichtig, und in diesen Zeiten sind Leute stattdessen isolierter geworden und sind, bei Notfällen mal ganz abgesehen, auf das System oder die Regierung angewiesen, nur um ihr Leben zu leben. Doch wie wir alle gesehen haben, insbesondere bei Notfällen, ist die Regierung wahrscheinlich nicht imstande, sich wirklich um die Dinge zu kümmern – es wird ihr einfach zu viel und sie werden überwältigt, auch wenn sie zu einem gewissen Grad vorbereitet sind. Deshalb müssen Leute sich vernetzen {ein Beziehungs- bzw. soziales Netzwerk aufbauen}. Und im Fall von diesen spirituellen Gemeinschaften und Individuen haben viele von ihnen prinzipiell das gleiche Ziel und Ideal – ihr wisst, sie glauben an Einsheit und an das Helfen anderer, und sie haben die Grundlagen vom Konzept der Goldene Regel – doch viele von ihnen haben ihre eigenen individuellen "Voreingenommen-heiten". Einige Leute essen Fleisch und denken, Veganer sind Spinner und Verrückte, manche Leute sind Veganer und denken, die Fleischesser sind schlecht, etc., etc., und andere denken das nicht. {Anm. d. Übers.: Vielleicht willst du dir bzgl. der letzten Bemerkung den ARTE-Bericht "Nie wieder Fleisch?" von Jutta Pinzler ansehen.} Leute müssen ihr Augenmerk mehr auf den gemeinsamen Nenner richten und die Wichtigkeit des gemeinsamen Nenners realisieren. Das Wichtigste, woran wir wiederum glauben, ist der Goldene Regel Aspekt, freundlich und liebend zueinander zu sein. Ich meine, wenn Leute unterschiedlichster Überzeugungen und Religionen nur das zu ihrer Priorität machen würden und aufhören würden, so eine große Sache aus ihren Differenzen zu machen, würde es buchstäblich die Welt verändern. Es würde keine Rolle spielen, ob du ein Zeuge Jehovas oder ein "Blumenanbeter" wärst, oder jemand, der nichts vom Brillentragen hält – wenn jeder sein Augenmerk einfach auf diese Goldene Regel richten würde, und die anderen Belange, woran er [oder sie] glauben wollen, getrennt halten und da raushalten würde. Sie müssen realisieren, dass, wenn sie die GR zu ihrem primären Ziel machen, dass sie die Welt in ein Paradies umwandeln können – in einen sehr wunderschönen Ort. Deshalb hat Jesus sie uns als Gebot gegeben, nicht als Lehre. Und deshalb könnt ihr in den meisten Religionen überall das gleiche Konzept finden – das Problem ist, die meisten Leute leben nicht danach, unabhängig von ihrer Religion. Stellt euch vor, keine Kriege mehr, kein Hunger, keine Folter, keine Vergewaltigung, keine Prügelattacken, kein Morden mehr – und setzt all diese Energie in positive konstruktive Dinge um. Doch Leute kämpfen auch jetzt noch um dumme Sachverhalte, üblicherweise aber ist es Land, Reichtum und Macht, was hinter Kriegen steht, der Habgierfaktor, alles geht auf Selbstsucht zurück. Selbstsucht – das Gegenteil der Goldenen Regel. Irgendwie bin ich ein bisschen vom Thema abgekommen.

Während ich das tat, umherreiste und all diese Leute traf, und Treffen arrangierte, kreuzten sich meine Wege immer wieder mit der gleichen Frau – im ganzen Land. Ihr Name war... eigentlich sollte ich wohl eher ein Pseudonym verwenden, denn ich weiß nicht, ob sie es befürwortet, dass ich ihren richtigen Namen verwende – sie war in einer heiklen Lage, und es ist ein heikles Thema. Aber ich habe seit vielen Jahren nichts mehr von ihr gesehen oder gehört, und würde gerne wieder von ihr hören, wenn also jemand eine solche Person kennt (basierend auf den Erzählungen), und sie bitten könnte, mich über Jeff Rense zu kontaktieren, würde ich das zu schätzen wissen. Also lasst sie uns Helena nennen, im Rahmen dieser Erzählung. Sie war zu jener Zeit eine Botschafterin bei den Vereinten Nationen. Es stellte sich heraus, dass wir Querverbindungen hatten, denn sie war auf einer ähnlichen Mission – es bezog abgesehen von dem, was ich mache, andere Dinge mit ein, es bezog aber ebenfalls mit ein, spirituelle und religiöse Führer auf der ganzen Welt für sich zu gewinnen, damit sie mehr im Geiste der Kooperation und der Fürsorge für die Menschheit zusammenzukommen. Doch ihre Gründe, um spirituelle Gruppen und Führer zu treffen, wichen von meinen ziemlich ab – sie sagte, ihr wurde von Außerirdischen gesagt, es zu tun. Ihre Geschichte war ziemlich interessant. Soweit ich mich erinnere, sagte sie, dass sie in Japan war – ich denke, sie sagte, es war in den 1950ern – während eines Welt-Gipfeltreffens. Sie war zu jener Zeit nicht an UFO's, Außerirdischen oder dergleichen interessiert. Doch eines Tages gab sie ein Radiointerview, und plötzlich genau mittendrin, begann sie über Außerirdische und UFO'S zu reden und dass die menschliche Rasse zusammenkommen und sich entwickeln und harmonisch zusammenarbeiten muss. Sie wusste nicht, was vor sich ging, oder warum, doch es kam aus ihrem Mund. Die "Botschaft", die sie channelte ging weiter, um zu sagen, dass, falls der Zeitpunkt käme, wenn all die politischen Führer, die religiösen Führer und die wissenschaftlichen Führer der Welt lediglich nur einmal an einem Ort zusammenkommen könnten, dass es ein Zeichen für sie (die Außerirdischen) sein würde, dass wir uns ausreichend entwickelt haben, um sie zu treffen und mit ihnen zu arbeiten (zumindest mit welchen Außerirdischen auch immer, die das gesagt haben). Nach ihrer Beschreibung klingt es zumindest wie eine von den außerirdischen Lebensformen, welche in der antiken Lehre als

"Weltraumbrüder" {Space Brothers} bezeichnet wurden (von denen wir bereits sprachen) – die spirituell hochentwickelten Aliens. Oder, es könnten auch die kannibalistischen Aliens gewesen sein, wie in dieser Episode von The Twilight Zone, und sie hatten einfach, ihr wisst schon, dieses tolle Menü "um Menschen zu servieren", nur dass zu jener Zeit nichts auf der Speisekarte war.

[enormes Gelächter] Ich konnte es gerade eben sehen... "Religiöse Führer mit Ketchup, mmmm, lecker... und wir könnten einige dieser wissenschaftlichen Führer nehmen, schön in der Pfanne kurz-angebraten mit Senf, und zum Nachtisch...

Jedenfalls, jetzt wieder im Ernst, Helena {A.d.Ü.: sie hieß Farida Iskiovet} wurde gefeuert, sobald ihre Vorgesetzten herausfanden, was sie im Radio sagte. Ich denke, sie durfte deswegen auch nicht mehr am Gipfel teilnehmen, aber ich bin mir nicht sicher. Doch dann, während des Gipfels (und bedenkt das war vor langer Zeit und das alles hörte ich von ihr, es ist nicht meine direkte Erfahrung), gab es ungefähr 10.000 gemeldete Sichtungen von UFO'S rund um Japan, viele von extrem seriösen Quellen wie Polizei und... (interessanterweise aber nicht von Politikern). [Gelächter]

Ich glaube, sie sagte, der Gipfel dauerte fünf Tage und es gab die ganze Zeit Sichtungen. Von nun an, überall, wo sie in der Welt hinging, gab es zumindest einige Sichtungen.

Das also war der Grund, wie und weshalb sich unsere Pfade kreuzten – weil sie all diese spirituellen Gruppen traf, die auch ich traf, weil sie versuchte, all die religiösen Führer für dieses Riesenmeeting im Astrodome von Houston oder etwas Derartigem zusammenzubringen. Zu jener Zeit also trafen wir nicht aufeinander, als sie die Wissenschaftler und politischen Leute besuchte. Wir trafen nur aufeinander, wann immer sie gehen würde, um die geistlichen Führer zu sehen. Es war ziemlich häufig, es war eine Menge los, und es war weit jenseits von dem, was man im Rahmen von Koinzidenz {Zufallsbegebenheit} in Betracht ziehen könnte. Eines Tages also sprachen wir darüber und beschlossen einfach, dass wir anfangen, gemeinsam zu reisen. Und das brachte eine ganze Reihe von sehr interessanten Erfahrungen und Geschichten hervor. Als Nächstes also werde ich auf ein paar von den interessanteren Geschichten eingehen, die wir gemeinsam erlebten.

F: Obwohl sie keine Botschafterin mehr war?
A: Oh, das ist ein guter Punkt, ich muss ein bisschen zurückgehen. Nach all den Sichtungen in Japan, tja, also offensichtlich waren ihre Vorgesetzten verblüfft. Nicht nur ihre Vorgesetzten, sondern wichtige Diplomaten aus allen Teilen der Welt. Deshalb wurde sie nicht nur von ihrer Botschaft wieder eingesetzt, sondern ihr wurde zu dieser Zeit ein Schreiben des Generalsekretärs der Vereinten Nationen gegeben, sein Name war U Thant glaube ich, und hier ist der Clou – das Schreiben forderte, wem auch immer sie es vorlegte, dazu auf, ihr vollständige Kooperation bei ihrer Mission zu gewähren. Es wurde also sehr ernst genommen von einigen sehr mächtigen Leuten. Obgleich es offenbar auch sehr "geheim" gehalten wurde. Ich sah dieses Schreiben. Ich habe U Thant {er war 1961 - 1971 Generalsekretär der Vereinten Nationen} nicht angerufen und gesagt "Hey, ist das wahr?!", doch mit all den anderen seltsamen Dingen, die um sie

herum passierten, war es sehr, sehr wahrscheinlich, um wahr zu sein. Und ich sah, wie sie es einigen sehr wichtigen Personen vorlegte, einschließlich großen Physikern der Zeit, die damals das, was "die neue Physik" war, erforschten (wie etwa Quantenphysik und andere bahnbrechende Ideen in der Art).

Da wir jetzt gemeinsam unterwegs waren, brachte mich meine Reise plötzlich nicht nur zu diesen spirituellen Gruppen und religiösen Führern, sondern es brachte mich auch mit ihrer Reise zusammen – um Wissenschaftler und Politiker zu treffen. Wie ihr euch vorstellen könnt, habe ich eine Menge Geschichten, die erzählt werden könnten. Aber wir werden uns nur an einige wenige halten, die wahrscheinlich die Interessantesten sind. Ich werde mit der beginnen, als wir zum Hopi Reservat fuhren.

Kapitel Fünf – Wir Beginnen Unsere Abenteuer

Wir machten uns auf zum Hopi Reservat, um die geistlichen Ältesten von ihnen zu treffen. Nur als kurze Randbemerkung, die Hopi Vorfahren waren Atlanter, die bis zum Beginn der großen Zerstörung blieben. Ihre Legenden besagen, dass sie im nördlichen Arizona in "fliegenden Schildkrötenpanzern" ankamen, die in Wirklichkeit Atlantische terrestrische Fluggeräte waren. Doch mit den Klima- und Erdveränderungen brach die Hölle los, worauf sie aufgrund ihrer späten Abreise von Atlantis überhaupt nicht vorbereitet waren. Sie wären umgekommen, wenn nicht gemäß ihrer Legende eine vogelköpfige Kreatur gewesen wäre, die aus der Inneren-Erde hochkam, und die sie hinunterführte in Sicherheit, bis der Holocaust vorbei war und sie dann wieder zurück nach oben führte. Natürlich war dies ein gutherziger Lemurier. Ich glaube, sie nannten ihn/sie den ersten Kachina. Ihr habt vielleicht schon mal Kachinapuppen gesehen, mit ihren Vogelköpfen.

Jedenfalls, zurück zu unserer Reise, um die geistlichen Hopi-Ältesten zu treffen. Als wir zur Voranmeldung mussten, stellten wir fest, dass der Stamm sich im Laufe der Jahre irgendwie in sich aufgespalten hatte und dass es verschiedene Häuptlinge und verschiedene Fraktionen von den Hopis gab, die in verschiedenen Gebieten lebten. Wir suchten aber nicht nach Häuptlingen, wir suchten die geistlichen Ältesten. Natürlich waren sie nicht auf der Karte oder im Telefonbuch aufgelistet, also hielten wir an, um nach der Wegbeschreibung zu fragen. Es stellte sich als das Haus von einem der Häuptlinge und seiner Frau heraus. Diese Leute waren gleich so herzlich und freundlich, dass sie mich sehr an die Tibetischen Leute erinnerten. In der Tat, sie hatten viele Gemeinsamkeiten mit Tibetern. Da die meisten Leute noch nie in Tibet waren, wissen sie auch nicht wirklich, was ich meine – es ist ganz anders, als wenn man einen extrem herzlichen und freundlichen Westler begegnet. Wie könnte man es beschreiben? Demütige Leute – und da war auch ein kleines bisschen Italienische Mutter beigemischt – du konntest nicht von ihnen wegkommen, ohne dass du zu ihnen reinkommst und was isst. Und sie bereiten dieses unglaubliche Brot zu, Pikibrot genannt, das aus Maismehl von Hand hergestellt wird und gewissermaßen wie Französische Blätterteiglagen oder Griechischer Phylloteig ist. {A.d.Ü.: Es ist ein papierdünnes Fladenbrot, dessen Zubereitung sehr aufwendig ist. Der Teig wird aus der Asche von grünen Wacholderbeeren, blauem Maismehl und Wasser zubereitet... Sieh

19

es dir auf YouTube an.} Sie zeigten uns, wo sie es machten, wie sie es noch immer auf die altmodische Art mit Steinen herstellten, etc. Sie rollen sie zu diesen Dingern zusammen, die so ähnlich aussehen wie Enchiladas, doch dies waren nur diese zusammengerollten dünnen Dinger aus blauem Maismehl, die total knusprig waren und auf deiner Zunge zergingen.

Wir waren also für eine Weile auf Besuch, und sie erzählten uns, wir müssten zum Haus des Dolmetschers für die Ältesten gehen, weil die Ältesten alle nur Hopi sprachen. Sie sagten, sein Name war Thomas Banyaca (schreibw.?). (Ich glaube, Thomas {1909 - 1999} verließ erst kürzlich den Körper (verstarb) in den letzten ein oder zwei Jahren – er war ein wirklich guter Mensch.) Dann erklärten sie uns den Weg zu seinem Haus. Prompt verirrten wir uns. Und wir mussten anhalten, um nach dem Weg zu fragen. Die Wegbeschreibungen waren jedes Mal schlecht, oder wir waren nicht in der Lage, um ihnen zu folgen – soweit ich mich erinnere, hat es dort so was wie eine Fünfte & Hauptstraße, oder 2369 West Kachina Ave. nicht gegeben – nur eine Menge unmarkierter Erde. Natürlich war Synchronizität an der Arbeit. Überall wo wir anhielten, um nach dem Weg zu fragen, war zwei Orte weiter, das Haus eines anderen Häuptlings. Die gleiche herzliche Behandlung, das gleiche Abfüllen mit Piki, weitere Wegbeschreibungen.

Schließlich, nachdem wir durch all diese Begegnungen und Diskussionen gingen (auf die ich hier nicht näher eingehe), welche einige Bedeutsamkeit gehabt haben mussten, kamen wir schließlich zum Haus von Thomas. Und das Erste, das uns, als wir zur Tür reinkamen, beeindruckte, war ausgerechnet eine Samtmalerei. Jaah, ein schwarzes Samtgemälde mit sowas wie Stierkämpfern oder Elvis oder sowas in der Art. Doch nun im Ernst, es war ein schwarzes Samtgemälde – darauf war ein alter Hopi Mann, ein Vollmond und ein UFO, das über den Himmel streifte. Sah aus, als wären wir am richtigen Ort. Thomas war mitten im Gespräch mit ein paar anderen Indianern von Stämmen aus den Dakotas. Er unterbrach sein Treffen mit ihnen, um mit uns zu sprechen. Wir setzten uns und fingen an, darüber zu sprechen, warum wir hier wären, bis er unterbrach und sagte "Das ist schon komisch, ich habe gerade mit so-und-so und so-und-so (kann mich nicht an ihre Namen erinnern) darüber gesprochen, dass bald ein paar Leute hier herkommen werden, um über ein großes Treffen zu sprechen". Wir hatten eine sehr interessante Konversation über viele Dinge.

Ein Thema war über ihre Erwartungen der kommenden Veränderungen, die alles Leben zerstören könnten, einschließlich der Hopi, wenn sie ihre Richtung nicht ändern würden. In der Vergangenheit hatten die Hopi immer gesagt, dass, wenn die großen Erdveränderungen kämen, dass sie für die Überlebenden da sein, ihnen helfen und sie unterrichten würden. Kurz gesagt, sie sagten, dass jeder, der es zum Hopi-Land schaffen könne, überleben würde. Aber jetzt wurde es in Frage gestellt, ob die Hopi überleben würden, oder wie viele – denn viele hatten sich von ihren spirituellen Pfaden abgewandt.

Dann sprachen wir über unser antikes Kloster in Tibet, von dem er wusste. Wir sprachen von unserer Beziehung und unserer gemeinsamen Abstammung. Dann erzählte er uns, dass sie gerade von einer kleinen Gruppe Schülern des Dalai Lama Besuch hatten und wie faszinierend es in vielerlei

Hinsicht war. Er sagte, die Ältesten hörten sie eines Tages zufällig zueinander sprechen, und sie wunderten sich, wie die Tibeter wussten, wie man Hopi spricht. Dann realisierten die Ältesten, dass sie nicht wirklich Hopi sprachen, aber es war so ähnlich, dass sie vieles davon verstanden, aber die "gegensätzlichen" Wörter waren umgekehrt. Ich kann mich nicht genau erinnern, was er sagte, aber die Idee war irgendwie, dass das Hopi Wort für Sonne, das Tibetische Wort für Mond war und umgekehrt, heiß war kalt, etc. Dann sprachen sie darüber, wie einer zwei heilige Teiche hatte und der andere zwei heilige Gipfel – ich kann mich nicht erinnern, wer nun welcher war. Dann war da etwas über das Betrachten der Positionen von Tibet und dem Hopi Reservat, und dass sie sich auf gegenüberliegenden Seiten des Globus befinden – ich erinnere mich an vieles davon nicht sehr klar – bedenkt, das war vor sehr langer Zeit, und wir hatten ein sehr traumatisches Ereignis, das inmitten unserer Diskussionen stattfand. Thomas sagte, die Tibetischen Mönche machten so eine Art Regen-Zeremonie oder Regen-Tanz, brachten Regen und reisten danach ab.

Wir sprachen über seine Malerei, UFO's und Außerirdische, wovon er etwas verstand und womit er Erfahrungen gemacht hatte.

Er sprach von einer "Regenbogen-Brücke" {Rainbow Bridge}, die in den frühen 70ern stattgefunden hatte, was allem Anschein nach eine psychische Verbindung gewesen war zwischen den Hopi-Ältesten und ihren Hawaiianischen Gegenstücken – den Polynesischen Kahunas (Hawaiianische Schamanen). Es gab ein Ziel von spiritueller Einsheit und universaler Brüderlichkeit, und es bezog "Weltraumbrüder" mit ein, entweder direkt oder indirekt. Ein berühmter Rockgitarrist namens Jimi Hendrix war an all dem beteiligt. Viele Menschen kennen ihn nur wegen seiner Extravaganz, und seinem Tod aufgrund einer angeblichen Drogenüberdosis. Aber da steckte weit, weit mehr hinter ihm.

Sein wahrhaft letztes Album, bevor er getötet wurde, wurde Rainbow Bridge genannt. {Anm. d. Übers.: Bzgl. der Bemerkung über den Tod von Jimi Hendrix im letzten Satz – bedenke das dieses Booklet bereits 2001 erschien – Hendrix' ehemaliger Roadie, James Wright, behauptete 2009 in seinem Buch "Rock Roadie", dass Hendrix von seinem Manager ermordet wurde.} Es wurde mit Absicht während dieses Hopi/Kahuna Ereignisses aufgenommen an den Hängen des hochenergetischen "pyramidenförmigen" Vulkans Haleakala, auf Maui (Da ist wieder diese Maui-Verbindung!). Um es abzukürzen, Hendrix war ein Channel für Weltraumbrüder, und mit Ausnahme seiner "Breakout"-Alben (die groben Kommerzialismus erforderten) waren viele seiner Songtexte über die kommenden Erdveränderungen, die Polverschiebung, die Kriege, darüber dass es für Leute erforderlich ist, einander (oder jeden anderen) zu lieben, und natürlich über UFO's und Außerirdische. "Rainbow Bridge" war eines von den krassesten Alben in dieser Hinsicht. Ich sehe es auch als musikalisches Meisterstück an, und als sein größtes Werk. Es wurde auch aus dem Verkehr gezogen. Oftmals nur als niederbewusster mit Drogen vollgepumpter Partylöwe angesehen, zeigte mir seine Freundin nach seinem Tod ein 2" dickes Dokument {2 Inch sind ca. 5 cm} – seine Pläne für den Bau eines Krankenhauses zur vibrationalen Farb/Klang Heilung.

21

Zurück zu unserem Treffen mit Thomas. Schließlich diskutierten wir über die Details von Helena's "Alien-Aufforderung", um Weltführer zu vereinen, was dazu führte, dass wir um ein Treffen mit den Ältesten baten. Aber Thomas sagte, dass es damals schon Spaltungen unter ihnen gab und dass einige wirklich Isolationisten sein wollten und andere der gesamten Menschheit helfen wollten. Er war auf der Seite, um der Menschheit zu helfen, hatte aber nicht die Stellung, um sich über die anderen hinwegzusetzen. Sein Energiefeld war allerdings bemerkenswert stark – er sagte, er sei ein Heiler, aber dieses, war jenseits dessen was die meisten Heiler hatten. Zwischen dem und der Liebe, die ich fühlte, wusste ich, dass er eindeutig kein "normaler" oder durchschnittlicher Mensch oder Hopi war. Ich vermutete, dass auch er eine "neue Gattung" Ältester gewesen sein mag, oder zumindest ein Lehrling oder so was. Jedenfalls sagte er, wir würden uns nicht mit allen von ihnen treffen können, aber dass er gehen und nachsehen würde, wer sich mit uns treffen wollte. Dann plötzlich gerieten wir alle in eine wirklich schwere psychische Energieattacke... einer meiner Schüler, ein Novizenmönch, der damals mit uns reiste, erlitt einen hysterischen Dauerheulanfall. Ich hatte das Gefühl, als hätte mir jemand in den Solar-Plexus geschlagen, und mir war bewusst, dass derjenige versuchte, sich Einlass zu verschaffen. Ich setzte psychische Verteidigungen ein, die ich in dem Kloster gelernt hatte, musste mich aber konzentrieren, um die Barriere aufrechtzuerhalten. Botschafterin Helena geriet in hysterische Rage... manisch tobend und wütend. Wir mussten hier raus. Thomas war sehr traurig und versuchte mit seiner Energie zu helfen. Doch es half nichts. Er sagte, es lag daran, weil es dort Kräfte gab, mächtige Wesen, die das verhindern wollten – das Treffen mit den Ältesten. Ich kann mich nicht genau erinnern, ob er sagte, ein Ältester oder Älteste würden dies tun, oder ob es ein schwarzer Magier oder so was war. Er half jedem ins Auto, und ich fuhr. Helena war darüber bestürzt, das Treffen abbrechen zu müssen, und das schürte das Feuer ihrer psychisch induzierten hysterischen Wut. Es war, als würde man versuchen, einen Krankenwagen voller Tollwutopfer mit paranoider Schizophrenie zu fahren, sie waren aber alle mit mir auf dem Vordersitz, anstatt hinten im Krankenwagen. Als ich mich der Grenze näherte, überquerte wie um Helena herum üblich, eine sich langsam bewegende leuchtende Kugel {ein Orb - ein Lichtwesen} vor uns die Straße. Die beiden anderen waren immer noch in ihren Wahnzuständen, und obgleich ich darauf hinwies, machte es keinen Unterschied. Und es musste nicht unbedingt aufhören... es ging einfach weiter. Das hysterische Phänomen und die Grube in meinem Magen hörten erst auf, als wir die Grenze passierten und aus dem Reservat heraus waren. Jemand mit einer Menge Macht war fest entschlossen, unser Treffen zu unterbinden. Und es verhieß nichts Gutes für Helenas Aufgabe oder die mögliche Hoffnung für die Welt, die es bedeutet hätte, falls man es erreicht hätte können. Wenn sie nicht einmal die Hopi Ältesten zusammenbringen und für das Projekt gewinnen könnte – wie könnte sie jemals jemanden wie den Papst dazu bringen? Doch sie resignierte nicht, und wir machten uns auf zu unserem nächsten Abenteuer. Bald schon würden wir noch spannendere Erlebnisse haben. Aber mir wurde von meinem Experten zum Vorbereiten für den Buchdruck gesagt, dass ich das Limit für eine Ausgabe im Bookletformat erreicht habe und jetzt stoppen müsse. Aber im nächsten

Booklet dieser Serie werden wir mehr Geschichten über meine Reiseerlebnisse mit Helena haben, über unsere Erlebnisse mit dem Gründer und Texter/Keyboarder der Moody Blues, über Helenas und Johnny Rivers nahe Begegnung mit einem Außerirdischen in der Wüste, über eine kaum bekannte UFO-Universität (mit Sichtungen von UFO's die Fragen beantworteten, indem sie sich am Himmel umherbewegen), über unser Treffen mit einem Archäologen der UCLA {University of California, Los Angeles}, der tatsächlich Karten von den antiken inner-Irdischen Tunnelsystemen ausgrub, die die Einstiegspunkte überall auf der Welt aufzeigen, über mein Zweit-Trommelfell Alienimplantat, über direkte Begegnungen mit Außerirdischen innerhalb und außerhalb meiner Wohnstätte, und weit mehr. Wir haben gerade erst begonnen.

Teil Zwei

Vorwort
Ich Bin Kein Experte

Zuerst lasst mich sagen, dass ich nur ein bescheidener spiritueller Lehrer bin. Mein einziges Lebensziel ist es, den Leuten zu helfen, ihre spirituellen Naturen zu entwickeln, zu ihrem ursprünglichen spirituellen Daseinszustand zurückzukehren und um zurückzukehren zur Einsheit mit dem Universalen Geist/Gott. Ich bin kein UFOloge, und es ist nicht mein Fachgebiet. Obwohl ich jene sehr respektiere, die diese Interessen haben, die nach der Wahrheit über sie suchen und die die Wahrheit über sie bloßstellen, ist das nicht mein Fachgebiet, und ich bin so mit meinen anderen Prioritäten beschäftigt, dass ich keine Zeit dafür habe (zusammen mit vielen anderen Dingen. Zum Kuckuck noch mal, ich bin froh, um mir Zeit für das Badezimmer zu nehmen!) Ich habe auch keine Zeit für Entführungen, und ich wünschte, einige von diesen verdammten Aliens würden uns zufriedenlassen – ich habe Insektenabwehrsprays ausprobiert, und sie funktionieren bei Aliens verdammt noch mal nicht (Scherz). Aber aus welchem Grund auch immer, scheine ich mehr als meinen Anteil an UFO- und Alien-Erfahrungen zu haben, und ich bin gerne bereit, mit anderen jenes zu teilen, zusammen mit den antiken Lehren von Atlantis, was ich über solche Dinge lernte. Außerdem beanspruche ich nicht, ein Experte zu sein, wenn ihr also mit dem nicht einverstanden seid, was ich hier zu sagen habe, oder wenn ihr glaubt, dass ihr helfen könnt, Dinge für mich zu klären, behaltet bitte einfach eure eigene Meinung bei und ändert sie nicht wegen mir – ihr wisst vielleicht viel mehr als ich, und meine Meinungen stammen nur von dem, was ich persönlich erlebt und in den alten Lehren gelesen habe. Doch kontaktiert mich bitte nicht darüber, ich bin so sehr mit meinen Pflichten und Verantwortlichkeiten beschäftigt, dass ich nicht mal allein mit denen Schritt halten kann. Ich denke jedoch, ihr solltet Informationen, die ihr habt, austauschen, und dafür gibt es viele Ressourcen, wie bspw. Art Bell und andere.

[Das folgende Buch ist eine bearbeitete Abschrift aus einer Reihe von Vorträgen, die Jon im März 2001 hielt. Er ist eine humorvolle Person und macht gelegentlich "da draußen" Scherze, du wirst deshalb das Booklet mehr genießen, wenn du keine zu ernste Person bist.]

...Weiter mit unserer nächsten Erzählung über unsere Reisen mit der Botschafterin.

Karten [die] zu den Häusern der Stars [weisen]
{Maps to Stars' Homes}

Lasst uns zu der Geschichte eines faszinierenden wissenschaftlichen Fundes springen. Wir waren nach Südkalifornien gegangen, wo die Botschafterin Termine vereinbart hatte, um sich mit verschiedenen Wissenschaftlern zu treffen – Experten in verschiedenen Bereichen. Ich hatte dort auch andere Leute zu treffen. Der erste Wissenschaftler, mit dem wir uns trafen, war ein Archäologe an der UCLA {University of California, Los Angeles}. Ich kann seinen Namen nicht preisgeben, da er sonst wahrscheinlich nie wieder Arbeit hätte. Archäologen wurden schon für weit weniger auf die Schwarze Liste gesetzt. Jedenfalls war er irgendwo auf einer Ausgrabung und hatte etwas entdeckt, das der archäologischen und wissenschaftlichen Welt zu Ohren gekommen wäre (wenn sie Ohren hätte, und wenn die Enthüllungen für diese Art von Entdeckungen erlaubt wären). Aber jede Entdeckung, die sich gegen die etablierte Ansicht unserer modernen Pseudo- Wissenschaftler richtet oder sie aufrüttelt, wird unterdrückt, und jeder, der es wagen würde, gegen die Machtstruktur vorzugehen und irgendwie Dinge enthüllt, ist ruiniert (oder schlimmer- je nachdem, was die Entdeckung ist). Ihr fragt euch also, was es war? Oh, ihr seid nicht wirklich interessiert. Ok, wir werden mit etwas anderem weitermachen. Oh, ihr wollt es DOCH wissen? Es handelte sich um eine Reihe antiker Karten des inner-Irdischen Tunnelsystems unter der Erde, das die Atlanter und Lemurier verwendeten, um in der ganzen Welt herumzureisen. Die Tatsache, dass sie tatsächlich antik waren und kein Schwindel, war bereits wieder und wieder getestet und überprüft worden. Sie zeigten auch all die Zugangs- (Einstiegs/Ausstiegs) Punkte für die Tunnel.

Wir verbrachten ein paar Tage mit ihm und schauten wieder, und wieder, und wieder auf die Karten, und fanden faszinierende Bereiche, wo es Zugangsstellen gab – was nicht überraschte, in vielen Bereichen gab es hohe UFO Aktivität. Ich gab so viel acht wie ich konnte, versuchte die Dinge im Gedächtnis zu verankern, wohl wissend, dass wir niemals Kopien bekommen würden und dass sie letztendlich wahrscheinlich "verschwinden" würden. Da wir in Südkalifornien waren, achtete ich speziell auf die örtlichen Zugangspunkte.

Es wird Stimmungsvoll
{Getting Moody}

Hier ist nun das nächste Stück von diesem synchronistischen Quilt. {Quilt ist die engl. Bezeichnung für eine 3-lagige Stepp-, Zier- oder Tagesdecke, die oftmals aus verschiedenen kleinen Stoffresten mit allen möglichen Motiven und Mustern zusammengesetzt sein kann. In den USA kamen die Siedlerfrauen regelmäßig zum Quilten zusammen, wo sie ihre vorbereiteten Flicken zu einem Quilt zusammenfügten und dabei Neuigkeiten und Erfahrungen austauschten.} Am nächsten Tag nahm ich die Botschafterin mit, um eines der Mitglieder von der [Musik]gruppe, the Moody Blues, zu treffen. Ich weiß, er würde es auch nicht wollen, dass ich seinen Namen verwende, also lasst ihn uns einfach "Moody" {auf Dt. Stimmungsvoll} nennen. Er schrieb viele ihrer alten Songs und die Lyrik. (Du kannst manche davon auf der Website www.atlantis.to auf der Musikliste finden). Als Randbemerkung, die Moody Blues sind eine von diesen Gruppen, die (ich glaube, wir sprachen über sie im letzten Buch) wie Hendrix, eine Menge Songs über Endzeitprophezeiung, UFOs und "Weltraumbrüder" machten. Und insbesondere Moody schrieb über solche Themen viele Lieder. Ich dachte, Helena würde interessiert sein, ihn zu treffen, und umgekehrt, und da wir bislang keine andere Verabredung hatten, beschloss ich Helena da raus zu bringen und sie miteinander bekannt zu machen.

Moody hatte nicht nur ein neues Haus, sondern auch ein Tonstudio, das er auf einem Ackerland außerhalb von Los Angeles gebaut hatte. [Als Randbemerkung: Bei einer früheren Gelegenheit, als ich ihn zum ersten Mal in seinem neuen Aufnahmestudio besuchen ging, bemerkte ich ein riesiges Gemälde von Jimi Hendrix's Exfreundin "Rainbow" (über die wir im anderen Buch gesprochen hatten). Es hing zwischen den beiden Studiomonitorlautsprechern in seinem Tonstudio – so positioniert, dass es, wenn du am Mischpult gesessen bist, genau vor dir war, und über dir. Es stellte sich heraus, dass er sie auch kannte. Was für eine kleine Welt.]

Soweit ich mich erinnere, waren wir beim Abendessen und Moody begann uns diese Geschichte über einen "Grauen" zu erzählen. Er und mehrere andere am Tisch sagten, dass während der Bauphase jeder hier in der Nähe immer wieder diesen kleinen Alien auftauchen und hinter Felsen und Bäumen und dergleichen hervorspähen sah. Dies ging über die gesamte Zeit, als sie das Haus bauten und sogar Bauarbeiter sahen ihn immer wieder. Dies war lange bevor es ein echtes öffentliches Wissen oder eine Diskussion über Graue/Außerirdische gab oder bevor viele Leute über sie sprachen, so wie sie es jetzt tun – bevor die "Betty und Barney Hill" Geschichte bekannt wurde. Es war das erste Mal, dass ich hörte, wie man einen beschrieb oder ein Bild von einem sah. Er zeichnete ein Bild von ihm, um es der Botschafterin zu zeigen, und gab es ihr mit. Sie war darüber sehr erfreut. {Anm. d. Übers.: Die Betty & Barney Hill Geschichte, die sich 1961 zutrug, kam zum ersten Mal 1966 mit John Fuller's Best-Seller "The Interrupted Journey" ans Licht, gefolgt durch den 1975 erschienenen Fernsehfilm "The UFO Incident - Begegnung aus dem Nichts". Betty Hill zeichnete 1964 unter Hypnose eine "Sternkarte", die Hinweise auf das Sternsystem gab, woher ihre außerirdischen Entführer kamen.}

Dann erzählte uns Moody darüber, jede Nacht diese seltsamen, visionsartigen wiederkehrenden Träume zu haben, seit er auf dem Grundstück gewohnt hatte. Um euch ein bisschen Hintergrundinfo zu geben, bevor ich seine Träume beschreibe, auf seinem Grundstück gab es eine große Felsklippe, vielleicht 300 Fuß hoch {ca. 91,5 m} (es ist sehr lange her und Erinnerungsdetails wie diese sind skizzenhaft). Wenn ich mich recht erinnere, hatte sie ein interessantes geologisches Merkmal, es gab nämlich eine Quelle oder ein Bächlein, das unten an ihrem Fuß entsprang und aus dem Nichts kam. Zurück zu Moody's Träumen. Er sagte, dass er in seinem Traum dort hinüberging, zur Wand der Klippe und irgendwie ins Innere von ihr kam. Einmal drinnen, sah er diesen langen Tunnel – einer, der weit in die Ferne verlief, soweit seine Augen sehen konnten. Er konnte das Ende des Tunnels nicht erkennen. Und im Gegensatz zu Situationen, in denen es "kein Licht am Ende des Tunnels" gibt, hatte das Ende von diesem Tunnel (an dem er stand) Lichter und eine Art wissenschaftliche Ausrüstung. In seinem Traum geht er hinüber und berührt die Lichter und stellt fest, dass sie keinerlei Wärme abgeben. Hier ist der Grund, warum all dies so bedeutsam ist – erinnert euch, tags zuvor trafen wir diesen Archäologen und sahen die Karten? Ratet mal, wo einer von den Einstiegspunkten war. Genau dort, wo sein Grundstück war. Es war diese Klippe. Er war verblüfft, als wir ihm darüber erzählten, und plötzlich ergab es alles mehr Sinn für ihn.

Frage aus dem Zuhörerkreis (im weiteren Verlauf dieses Dokuments werden wir nur noch "F:" verwenden):

"Das Bild, das vor dem Mischpult war- wovon war das?"

Antwort: Ich weiß nicht mehr, was es war... ist schon lange her. Ich denke, es könnte ein abstraktes gewesen sein, was vielleicht der Grund ist, warum ich es nicht in meinem Kopf habe. Obgleich, jetzt da ich darüber nachdenke, es würde ungewöhnlich sein, falls es ein abstraktes wäre, denn ich hatte nie gesehen, dass sie irgendwelche abstrakten anfertigte, aber vielleicht fertigte sie es speziell für ihn an. Er beschäftigte sich auch mit Farbklangtherapie und dergleichen. Als interessante "Anmerkung" bezüglich dieses Themas, er sagte, er hätte eine Note gefunden, eine Infraschallnote, welche er spielen könnte, die bei Leuten eine, wie man es nennt, peristaltische Reaktion bewirkte. Es würde die Kessel der Leute unfreiwillig entleeren, sofort und gründlich. Er sagte, er wurde verleitet, es irgendwann während einer Sondervorstellung am königlichen Hof zu spielen. Er dachte, es würde lustig sein, du kennst jeden im Publikum, ah... Natürlich hielt er sich zurück, denn es wäre ein bisschen zu weit gegangen. Dass John Lennon zur königlichen Familie sagte "rasselt einfach mit eurem Schmuck" statt zu applaudieren, war schon schlimm genug.

Die Geschichte vom Langweiligen Physiker

Als Nächstes verließen wir die Gegend um LA und fuhren runter nach San Diego, um uns mit einem Physiker zu treffen. Er war der wohl beste Physiker seiner Zeit, seit Einstein gegangen war. Erinnert euch, dies war Teil ihres Ziels, um all die Top-Wissenschaftler, spirituellen Führer und Politiker auf der Welt zur gleichen Zeit an einem Ort zusammenzubringen – die Aufgabe, sagte sie, sei ihr von guten Außerirdischen gegeben worden, welche sagten, die Menschheit würde genug entwickelt sein, um sich mit ihnen zu treffen, wenn sie {Helena} dieses Ziel eben erreichen könnte.

F: Sprach der Typ von den Moody Blues jemals über dieses Loch, ist er da jemals reingegangen oder wie?
A: In Bezug auf die?
F: Die Träume, er hatte die Träume, aber stellten sie sich als echt heraus?
A: Nicht, dass ich davon wüsste. Ich weiß nicht, ob er danach jemals versuchte, es zu ergraben oder sowas in der Art. Als ich ihn das nächste Mal sah, wobei ich mir nicht sicher bin, wie lange das her war, vielleicht sechs Monate oder ungefähr ein Jahr später, hatte er nichts unternommen, um zu versuchen dort reinzu- kommen. Zumindest soweit ich weiß, oder von dem, was er mir erzählt hat.

Jedenfalls zurück zu dem Physiker. Ich denke, dass es eigentlich eine irrelevante Geschichte ist, nicht sehr spannend, lasst uns das also nur kurz anschneiden. Ich meine, es ist vom Standpunkt der Wissenschaft aus spannend, es hat aber nicht direkt mit UFOs zu tun, obgleich dieser Typ auch Dinge gesehen hatte und definitiv an ihre Existenz und an zukünftigen Kontakt glaubte. Eine Menge Top-Wissenschaftler tun das. Die meisten wirklich intelligenten Leute und Denker, und Leute, die im großen Maßstab denken, tun das, denn sie betrachten sich die Sterne und sie alle haben die gleiche Antwort, sie lautet etwa so, "Wir können nicht das einzige intelligente, empfindungsfähige Leben in all dieser Schöpfung sein. Und Milliarden von Galaxien sind voll von Milliarden von

Sternen und alle haben Planeten, die überall verteilt sind." Natürlich hatten sie damals keinen Beweis von Planeten, doch jeder, der irgendein Hirn hatte, ging davon aus, dass all jene Sterne nicht nur allein Sterne ohne Planeten waren – dass es andere Sonnen *Systeme* gab, nicht nur unseres. {Anm. d. Übers.: Bezüglich Beweise – siehe dazu auch eine Presseveröffentlichung vom Jan 2012 über eine Studie der Uni Heidelberg.}

Er sprach größtenteils über die Experimente, die er durchführte, die er in Schwerelosigkeit durchführen musste. Und dass ihre Durchführung im Weltraum für ihm die einzige Möglichkeit war, um sie machen zu können. Ich denke, er arbeitete zu jener Zeit an neuen Legierungen oder Molekular-strukturen, und er glaubte, dass bestimmte Dinge nur auftreten würden, wenn die Schwerkraft nicht störend auf die Prozesse einwirkte.

UFO U

Von L.A. aus auf der I-10 {Interstate I0} in Richtung Phoenix fahrend, ging es bei unserem nächsten Halt darum, eine Professorin von der Cambridge Universität zu treffen, die die Botschafterin gut kannte. Ich denke ihr Name war Enid Avery Schmidt {Smith}. Ihre Geschichte ist ziemlich interessant. Anscheinend hatte sie einmal, als sie in Arizona war, draußen in der Wüste UFOs am Himmel gesehen. Als sie sie sah, dachte sie an etwas Ungewöhnliches – sie beschloss zu versuchen, ihnen Fragen zu stellen und sie wie ein Orakel zu verwenden. Zum Beispiel "dachte" sie "zu ihnen" eine Ja-Nein-Frage und erklärte ihnen, dass, wenn die Antwort ja war, bewegt euch nach links, und wenn die Antwort "Nein" ist, bewegt euch nach rechts. Man kann schließlich in einige äußerst detaillierte Themenbereiche vordringen, indem man durch Ausschlussverfahren die Spezifika eingrenzt. Also zog sie in die USA, schätze ich und begann jahrelang Fragen zu stellen und die Antworten zu protokollieren. Aufgrund dessen, was mit ihr geschah, bekam ich nie eine Chance, um mehr als ein paar Seiten davon zu sehen. Wir werden später darauf eingehen.

Dr. Schmidt beschloss mitten im Nirgendwo eine metaphysische Universität aufzubauen, in dem Gebiet, wo sie ihre UFO-Fragen machte. Natürlich war es auch keine gewöhnlich aussehende Universität. Wir näherten uns ihrem Ort, der etwa 40 Meilen westlich von Phoenix {in der Nähe von Tonopah, AZ} war (damals zu dieser Zeit war er sehr isoliert- der einzige in der Gegend, soweit ich mich erinnere). Er war weit weg vom Freeway. Ich weiß nicht mehr, ob wir ihn vom Freeway aus sehen konnten oder nicht. Ich denke nicht. Ich denke, wir mussten anfangen, für eine Weile in die Wüste hinauszufahren und dann sahen wir ihn... diesen Ort. Was sie baute, war... all die Gebäude hatte sie entworfen, um wie UFOs auszusehen. Ich denke, sie waren weiß. Wie ihr euch also vorstellen könnt, war es ein sehenswürdiger Anblick – du bist hier in der Wüste, mitten im Nirgendwo, und plötzlich aus der Ferne siehst du, was aussieht wie ein Landeplatz für UFOs – und als ob sie alle überall dort gelandet waren. Dort waren ein Hörsaal und Büros und Häuser in verschiedenen Größen von diesen Dingern. "Mutterschiffgröße und eine Reihe von Mama's kleinen Babys."

Als wir hinkamen, war die Stätte nahezu verlassen. Wir steuerten auf das "Office UFO"-Gebäude zu, und ein Mann und eine Frau kamen bevor wir dort angelangten zu uns heraus [Anmerkung: Später fanden wir Es stellte sich heraus, dass sie diejenigen waren, die angeblich das "Ashtar"-Material channelten]. Sie zu treffen war etwas seltsam. Etwas war falsch. Sie waren recht geheimnistuerisch, und wir hatten bei ihnen gleich ein schlechtes Gefühl, oder dass irgendetwas Schlimmes vor sich ging. Wir alle fühlten es – die Botschafterin, ein Schüler(in) und ich selbst fühlten es sehr stark.

Er erzählte uns schließlich, dass sie einen Schlaganfall gehabt hätte und dass er ihr Assistent gewesen ist und es für sie in ihrer Abwesenheit übernommen hätte. Ich sagte, "Na ja, wo ist sie, in was für einem Zustand ist sie?" Er hatte sie woanders in einem Wohnwagen untergebracht, außerhalb ihres eigenen Grundstücks, draußen in der Wüste. Er stellte jemanden ein, um auf sie achtzugeben. Wir gingen dann auch gleich dort hin, oder am nächsten Tag, ich kann mich nicht mehr mit Sicherheit daran erinnern.

Sie war in keiner guten Verfassung, war aber immer noch kommunikativ. Obgleich nicht all ihre Gedankenprozesse gut funktionierten. Es war ein bisschen wie jemand mit Alzheimer. Sie dachte, ich war Jesus, der gekommen war, um sie nach Hause zu bringen. Sie nahm wahrscheinlich etwas davon auf, was/wer ich war – aber diese Jesus-Idee war wahrscheinlich durch mein Aussehen bekräftigt. Ich trug noch immer Roben und lange Haare und einen Bart und hatte eine eindeutig stereotype Jesus-artige Erscheinung. Wir machten mit ihr einige kraftvolle Energieheilungstechniken, doch wie jedes Mal war es mit der "Ausnahmeabsicherung" von "Gottes Wille Geschehe" nicht meiner, anstatt einer erzwungenen Heilung. Du weißt nie, wofür es sein soll, und Heilungen sollten eben nur auf diese Weise versucht werden. Jedenfalls physisch half ihr nichts, obgleich ihre Geister großartig aufstiegen. Ihr Betreuer(in) sagte, dass Fry {Daniel Fry - 1908 - 1992} ihr mit Absicht Medizin vorenthielt, indem er sie zum Beispiel für ca. eine Woche zurückhielt. Und dass ihr Besitz so um die $900.000 Wert war oder sowas in der Richtung, und dass er die Kontrolle über all das Geld hatte, sofern sie krank oder tot war.

Einer der Räume in ihrem Wohnwagen war vollgestopft mit Papieren. All die Fragen, die sie den UFOs gestellt hatte – und die Antworten. Vom Boden bis ganz hinauf zur Decke komplett vollgestopft. Du konntest dort nicht einmal mehr reingehen, du konntest dich darin nicht frei bewegen- es war so voll von diesen Papieren. Also griff ich mir einige Papiere aus einem Stapel, der nahe der Tür war und sah sie mir an. Es war offensichtlich synchronistisch. Es war Information, die auf Dinge einging, die ich in dem Kloster und in den antiken Lehren über "Weltraumbrüder" gelernt hatte, über die verschiedenen guten & bösen Außerirdischen und all das. Zum Beispiel war in den Papieren die Rede von bösen Außerirdischen, die zigarrenförmiges Fluggerät benutzten, und sie warnten davor. *[Anmerkung: Die typischen gemeldeten Sichtungen in Zusammenhang mit Viehverstümmelungen {cattle mutilations} haben mit lautlosen zigarrenförmigen Fluggeräten zu tun. {A.d.Ü.: siehe dazu auch den Artikel von Armin Risi im UFO-Kurier - 1996}]* Deshalb wusste ich sofort, dass das, was sie ihrer Aussage nach tat, vermutlich wahr war und dass ihre Informations-"Quelle" zumindest in diesem Fall wahr war. Stellt euch vor, engelhafte UFO's, die man als Orakel benutzt – wo aber sind sie, wenn du ihnen eine wichtige Frage stellen musst... wie etwa, was man zu einer Verabredung zum Abendessen anziehen sollte. Wer hätte das gedacht... Selbst wenn sie das nicht wirklich getan hat, wenn sie es sich nur eingebildet hat oder auf andere Weise an die Information gekommen ist, auf jeden Fall war das, was ich gelesen habe, kein Quatsch. Und es hat ihrer ganzen Geschichte Gültigkeit verliehen.

Die Botschafterin und ich kannten beide einen speziellen Doktor in Phoenix. Er war ein M.D. {Doktor der Medizin}, er war aber auch ein Spezialist für die Edgar Cayce Readings und ein früher Pionier in Sachen Elektroakupunktur. {A.d.Ü.: Auch Cayce erwähnte in einem Lebensreading (1616-I) kurz, dass die Erde von Wesen "aus anderen Welten oder Planeten" besucht wurde.} Wir gingen zu, lasst mich überlegen, ich bin nicht sicher über die Reihenfolge... Wir gingen, um ihn irgendwann zu sehen und sprachen mit ihm über ihren Fall. Er sagte, dass basierend auf dem, was wir beschrieben hatten, dass er mit einer Kombination von der Elektroakupunktur und ein paar anderen Cayce-Therapien in der Lage sein sollte, sie nach einer oder zwei Wochen Behandlung funktionsfähig zu haben – und dass er sie wieder zur Normalität zurückzubekommen könnte. Er sagte aber, er könne nicht rechtmäßig an ihr arbeiten, und deshalb würde er es nicht, außer wir bekommen die Erlaubnis von ihren rechtmäßigen Vormunden. Also gingen wir wieder raus zur "UFO-Universität" und sprachen mit ihrem "rechtmäßigen Vormund". Es stellte sich heraus, dass die Frau eine Krankenschwester war, die einmal bei diesem Doktor arbeitete, und sie *wusste*, dass er sie kurieren könnte. Natürlich, falls Dr. Schmidt geheilt wäre, würde das das Ende der goldenen Gans sein. Sie wollten das nicht! Sie weigerten sich, uns die Erlaubnis zu geben, und mehr war für uns nicht drin.

Bevor sie es ablehnten, uns zu erlauben, Dr. Schmidt zu dem Arzt in Phoenix mitzunehmen, übernachteten wir im Wohnheimtrakt der metaphysischen Universität, der mit einem Auditorium {Hörsaal} verbunden war. Während der Nacht hatte ich diese wiederkehrenden Visionen, dass ich am Ground Zero {der Explosionsstelle} einer Nuklearexplosion sei. Was sich später dann als Relevant herausstellte, als sie, ich denke, es war das größte oder leistungsstärkste Kernkraftwerk der Welt, nur etwa 10 Meilen oder so von dort entfernt, gebaut haben – und ich hörte, dass es auf einer Erdbebenverwerfung steht. Jedenfalls war es augenscheinlich keine sehr gute Nacht, und der Morgen kam binnen Kurzem – und absonderlich. Ich wurde durch etwas aufgeweckt, das wie ein Tent Revival Treffen klang {eine Zusammenkunft christlicher Gläubiger (wie bei Massenevangelisationen) in einem dafür aufgestellten Zelt}. Ich konnte einen Christlichen Feuer-und-Schwefel-Prediger hören, und ein riesiges Publikum ging auf ihn ein. Ich ging da raus und was ich vorfand, war seltsamer als das, was ich hörte. Hier war dieser Kerl, Dr. Schmidt's rechtmäßiger Vormund, ein angeblicher Channeler von dem Ashtarzeug, predigend, und handelnd, als ob er zu einer Kirche voller Leute sprach. Das ist schon seltsam, wenn man bedenkt, dass wir in einer metaphysischen Universität waren und er ein Channeler ist oder? Aber was wirklich "da draußen" stattfand, war, dass er zu niemandem predigte – es war ein leerer Hörsaal. Er hatte ein Tonbandgerät für seine Publikumsreaktion verwendet. Mit anderen Worten, die Publikumsklänge einer Kirche voller Leute waren auf einem Tonband, das er einschaltete, um die Wirkung von deren Reaktion auf seine Predigt zu bekommen!

Er war allem Anschein nach ein Christ geworden schätze ich, aber davor, und danach schrieb er Ashtar Bücher – er channelte angeblich von einem außerirdischen Oberkommandierenden, der eine Flotte von Schiffen hatte, 3000 Schiffe oder so, die abseits der Erde oder auf der dunklen Seite des Mondes warteten, sofort bereit, um einzugreifen und der Menschheit hier auszuhelfen. Nun, alle warten immer noch darauf. Und von dem, was ich gesehen und gelesen habe, werden sie für immer warten. Ich sah sein Buch erst Jahre später, dann erinnerte ich mich an den Kerl, weil ich seinen Namen als Autor darin sah. (Interessanterweise ist der Name Ashtar der Name von einem alten Dämon. Ein Name, der gemäß mancher Texte und Kulturen nicht einmal ausgesprochen werden sollte, aus Angst davor, das abscheuliche Ding heraufzu-beschwören.) Ich hatte später eine Nachbarin, die ein Fan von diesem Zeug war und die "gechannelte Zeichnungen" von "Ashtar" an ihrer Wohnzimmerwand hatte, die sie vom "Ashtar Kommando" oder sowas bekommen hatte. Sah aus wie das Blind Date aus der Hölle. {Ein Blind Date ist eine Verabredung mit jemand, dem man bisher noch nie gesehen hat.} Das Buch hat mir einige Lacher beschert, und wenn ich nicht wüsste, was ich über diese Leute weiß und was mit der armen Dr. Schmidt passiert war, wäre es noch lustiger gewesen. In dem Buch hatte das Wesen namens "Ashtar" ein "Empfehlungsschreiben" von Jesus! Als hätte er sich für ein Vorstellungsgespräch beworben oder einen Kredit beantragt oder so! Es war schon fast wie dein Standard-Empfehlungsschreiben. Um die lächerliche Grässlichkeit zu paraphrasieren {in eigenen Worten wiederzugeben}, es war wie: "Hallo, hier ist Jesus, ich wollte nur sagen, dass ich Ashtar seit langer Zeit kenne und dass er ein wirklich toller Kerl ist. Und weißt du, man kann sich wirklich auf ihn verlassen und so." Es erinnerte mich an die Simpsons... "Hallo, hier ist Troy McClure, Sie kennen mich vielleicht noch von "der Bibel"...

F: In der New-Age Gemeinschaft gibt es eine Menge Gerede über das Ashtar Kommando.
A. Gibt es das?
F: Jaah.
A: Na toll. (sarkastisch) Jemals die Bilder gesehen? Er sieht wirklich böse aus. Hoffentlich hat Ashtar seitdem ein paar neuere gechannelte Zeichnungen anfertigen lassen, die schmeichelhafter sind.
F: Gibt es da etwas, das wirklich existiert, oder ist es komplett erfunden?
A: Das ist eine gute Frage.
    [Ein Mönchsältester ergreift das Wort] Es gibt einen alten Dämon namens Ashtar. Ich scherze nicht.
A: Ja, es gibt viele antike Texte über einen Dämon mit diesem Namen. Das einzig Schlimme ist, dass du den Namen von nicht sagen sollst... du dachtest, ich würde es sagen nicht wahr? Aber zurück zu den gruseligen, hässlichen Zeichnungen, offenbar haben sie keine Fotoaufnahmen. Ich schätze Jesus hatte keine Kodak-Kamera bei sich, als er Ashtar das letzte Mal sah, und sein Weltraumkommando hatte anscheinend nicht die Technologie für Standbilder oder Video. Also alles was es da gibt, sind die Zeichnungen. Und wie ich sagte, sahen die Zeichnungen, zumindest die ich gesehen habe, wirklich böse und gruselig aus. Es ist definitiv nicht jemand, mit dem ich herumhängen oder den ich in einer Gasse begegnen möchte, oder gar auf einer piekfeinen Party in der Playboy Villa treffen möchte. Wenn es also echt ist – ist es böse. Ich würde

sagen, basierend auf allem anderen, basierend auf dem Kerl, der es angeblich channelte, basierend auf den vermeintlichen Channelings, basierend auf dem, was ich las, klingt es alles für mich wie erdichtet. Halte es also für das, was du glaubst. Das ist meine Meinung dazu. Wenn es aber nicht erdichtet ist, ist es böse, und möglicherweise werden Leute dabei hereingelegt und werden für etwas präpariert, das im Grunde genommen ein Dämonen- Anbetungskult ist. All das nur weil sie Angst haben und gerettet werden wollen, ohne es sich verdient zu haben. Der Vater von jemandem nannte so etwas immer – Feuerversicherung. Das Glauben wird euch aber nicht retten, daran zu arbeiten und sich in eine Person zu verwandeln, die es Wert ist gerettet zu werden, ist das Einzige, was helfen wird.

[Eine Sache sollte ich für diejenigen sagen, die irgendeinen Glauben verteidigen wollen, der daher kommt, dass sie von falschen oder bösen Führern, Channelern oder Schriftstellern hereingelegt wurden. Wenn du eine anständige Person bist, die sich um andere sorgt, und du hättest jemanden kennengelernt, der angeblich etwas Gutes gechannelt hat, der [oder die] aber einige sehr schlechte Dinge getan haben, würde es dich anwidern und befremden, oder? Ich weiß, mir ergeht es so. Ich habe Mitgefühl für jeden, der durch irgendwelche Falschheiten oder von irgendwas Bösem irregeführt wurde. Ich werde sehr entrüstet über diejenigen, die andere spirituell in die Irre führen wollen, und es stellt mir meine "Freiheitskämpfer-Nackenhaare" auf. Aber wenn du so etwas fälschlicherweise zu einem Teil deiner Glaubenssystemprogrammierung gemacht hast, must du nicht zulassen, dass sich dein Ego einmischt und es verteidigt, weil du nicht närrisch aussehen willst. Fehler zu verteidigen ist das, was einem wirklich närrisch aussehen lässt, und es ist die Ohrmarke eines Narren. Du kannst deine Augen öffnen, siehst, dass du in den Dreck gestiegen bist, und ziehst weiter. Die meisten von uns sind auf Pfaden gewesen, die sich als Trittsteine herausstellten, aber nicht als unser eigentlicher Kernpfad.
Gute Dinge kommen nicht von schlechten Leuten, selbst wenn es nicht bloß ein Schwindel ist. Wenn es dich nicht stört, na schön, das ist wahrscheinlich wo du dazugehörst. Wie es immer gewesen ist und immer sein wird mit dem Universalen Gesetz von Ursache & Wirkung, wir ernten irgendwann alle die Früchte unserer Arbeit und bekommen zurück, was wir ausgebracht haben. Außerdem geht alle Vibration {Schwingung} zu ihrer eigenen Ebene. Wenn du dich selbst zu einem Heiligen machst, wirst du automatisch mit Heiligen enden. Wenn du ein gefühlloser Idiot {jerk} bist, wirst du mit ihnen enden. Es gibt ein altes Sprichwort, wenn du dich mit Hunden niederlegst, wirst du Flöhe bekommen. Wenn du mit bösen Leuten herumhängst oder mit Dämonen, wirst du bekommen ... was auch immer sie bekommen.]

Moody über Johnny

Bevor wir die Geschichte verlassen und zu etwas anderem weitergehen, sollte ich eine andere Sache erwähnen, die sich zutrug, während wir dort auf dieser kleinen "UFO Ferienranch" in der Wüste von Arizona waren. Erinnert ihr euch an "Moody"? Ich bekam einen Anruf von ihm, während wir dort waren. Dies war lange vor den Handys, und er kannte unsere Agenda nicht, ich weiß also nicht, wie er uns zum Kuckuck noch mal gefunden oder uns dort aufgespürt hat, aber er war in Panik. Er hatte von der Geschichte über Johnny Rivers gehört und der schlechten Publicity, die Johnny Rivers nach dem Vorfall mit der Botschafterin draußen in der Mojave–Wüste bekam. Ich weiß nicht, ob ich darüber sprach, ich denke nicht, dass ich es im ersten Buch tat. Also werde ich ein kleines bisschen zu dieser Geschichte zurückgehen.

Johnny ist ziemlich berühmt, zumindest für diejenigen von euch, die nicht im Teenageralter oder in den Zwanzigern sind. Er hatte eine lange Karriere als Singer-Songwriter {Sänger und gleichzeitig Texter und Komponist} hinter sich und über Jahrzehnte eine lange Serie von Hits. Er hatte einen Hit nach dem anderen und dann betätigte er sich als Produzent im Musikbusiness, und dann wechselte er in den leitenden Teil des Business. Ich weiß nicht, wie er und Helena sich getroffen hatten oder was zu den Ereignissen führte, die darauf folgten. Zunächst sollte ich angeben, dass dies alles vom Hörensagen der Botschafterin ist. Ich war nicht dort, war nicht involviert und kann daher nicht sagen, ob es wahr ist oder nicht. Ich habe jedoch Grund zur Annahme, dass es wahr ist. Also weiter zur Geschichte. Sie sagte, dass sie zusammen in die Mojave-Wüste gefahren sind, um einige UFO-Begegnungen zu haben. Wie ich zuvor erwähnte, gab es UFO-Sichtungen, wohin auch immer sie ging. Ich vermute, ihre Absicht war es, eine Art nahe Begegnung oder bedeutende Sichtung zu haben. Sie würden sicherlich nicht zum Picknick dort rausgehen, es ist trostlos. Im Einvernehmen mit ihr sprach ich mit ihm nicht darüber, aber ihr zufolge waren sie und er außerhalb seines Autos, und etwas, so eine Art hell leuchtender Außerirdischer, begann sich tatsächlich ihnen zu nähern und hatte seine Hand in einer "harmlosen und begrüßungs"-artigen Geste ausgestreckt. An diesem Punkt "flippte" Rivers angeblich "aus", sprang in sein Auto und fuhr los und ließ sie dort mitten in der Wüste. {A.d.Ü.: lt. Steve Omar war das 1971}

Nochmals, ich kann diese Geschichte ohne sein Eingeständnis nicht überprüfen. Doch da gab es ein paar Faktoren, die mich veranlassten zu glauben, dass es wahr war. Einer war, dass sie sein Auto beschrieb – und das war akkurat. Ich kannte ihn auch und wusste, wie sein Auto aussah. Außerdem wusste sie den Namen seiner "besseren Hälfte" und wusste, wie sie aussah. Wenn sie ihn also nicht zumindest kannte oder begegnet wäre, würde sie das nicht wissen, ohne eine persönliche Nachforschung über ihn angestellt oder die Informationen von seinen Freunden bekommen zu haben – was alles höchst unwahrscheinlich sein würde. Eine weitere Sache, die der Geschichte Glaubwürdigkeit verlieh, war etwas, das einmal in einem Restaurant passierte. Wir waren in einem Hollywood-Restaurant einen Happen essen, als sie ihn an einem anderen Tisch auf der anderen Seite des Esszimmers entdeckte. Sie wurde völlig erzürnt, stand auf, ging geradewegs rüber zu seinem Tisch und begann ihn anzuschreien, weil er sie in der Wüste sitzenließ. Und er hatte keine Reaktion dazu. Er blickte nur nach unten, und es sah irgendwie nach Verlegenheit aus oder nach Scham oder so was. Natürlich könnte er das auch tun, wenn eine verrückte Frau auf ihn zukäme und anfangen würde, ihn anzuschreien, aber es hatte nicht diese Art von Eindruck vermittelt, er machte auch keine Anstalten, um nach Unterstützung zu rufen und um etwas zu sagen wie, "Oberkellner! Würden Sie diese verrückte Frau hier rausschaffen? Sicherheitsdienst- Sicherheitsdienst bitte." Ich denke, wir belassen es bei diesem Aspekt der Geschichte erst mal, also lasst uns zurückgehen zu "Moody's" Anruf bei der UFO-Universität.

F: Was geschah mit ihr [bezüglich der Botschafterin] in der Wüste? Hatte sie eine Begegnung mit dem Außerirdischen?
A: Sie sagte es mir nicht, was mich veranlassen würde zu Glauben, dass sie wohl keine hatte. Ich hatte angenommen, dass beide Leute, du weißt schon der Außerirdische und Johnny, "sich zurückzogen". Als er ausflippte, reagierte der Außerirdische wohl auf ähnliche Art und haute auch ab. Wie hieß dieser Film... der eine Film, wo sie das machten? ET – dieser kleine Junge sah ET und fing an zu schreien, schreit dann ET und rennt weg?

Zurück zu der Geschichte – also Moody rief mich an, und nochmals, aufgrund von dem Johnny Rivers Vorfall fürchtete er sich vor negativer Publicity und hatte damit umzugehen. Damals warst du wirklich, wirklich durchgedreht, wenn du öffentlich eine Entführung oder Begegnung zugabst – es konnte deine Karriere ruinieren. Oder es konnte sie zumindest nachteilig beeinflussen. Es ist immer noch nicht so toll, aber es wird jetzt mehr toleriert als damals. Er sagte also er wollte dieses Bild, das er für sie zeichnete, zurück. Er war unnachgiebig – was auch immer es erforderte – das Bild zurückzubekommen.

F. Was war das für ein Bild?
A. Das eine, das er von dem Grauen zeichnete, den sie um sein Haus herum sahen, als sie es bauten.
F. Gab sie es zurück?
A. Ich erinnere mich nicht mehr – ich bezweifle es, wie ich sie kenne.
[Ältester]: Es könnte immer noch irgendwo da draußen im Umlauf sein.
A. Ja, sie könnte es noch immer haben, wenn sie noch am Leben ist. Ich weiß es nicht. Ich weiß nicht einmal, was aus ihr wurde. Ich schätze, ich könnte es damit abschließen. {A.d.Ü.: Angeblich ist sie bereits von uns gegangen und wurde im Winter 1978 in Winnipeg, Manitoba, Kanada beigesetzt. Am Bein soll sie eine seltsame Narbe gehabt haben.}

Die Entdeckung von Atlantis – Keine Große Sache?

In diesem Sinne gingen die Botschafterin und ich irgendwann getrennte Wege. Ich hörte von Zeit zu Zeit etwas über sie, aber ich habe nichts seit der letzten Sache gehört, und das war, dass sie in Puerto Rico war, und natürlich hatten sie dort zu dieser Zeit massive Sichtungen. Dies war vor vielen, vielen Jahren. Interessanterweise, zur gleichen Zeit, als sie in Puerto Rico war und diese Sichtungen auftraten, hatten Taucher {Ray Brown} eine Unterwasserpyramide in der Gegend gefunden. Sie war einer der wichtigsten Tempel in Atlantis. Ich weiß nicht, wo oder wie weit vor der Küste von Puerto Rico entfernt, und ich kann mich nicht an die Details erinnern, es war, dass sie entweder in 600 Fuß {ca. 183 Meter} tiefem Wasser war und sie 300 Fuß {ca. 91 Meter} hoch war oder so ähnlich – ein paar Zahlen wie diese. Nochmals, es war vor langer Zeit. Doch Taucher hatten sie betreten, und sie hatten auch den Schlussstein[kristall] {capstone} herausgenommen. {Mit Schlusssteinkristall ist in diesem Fall eine tennisballgroße "Kristallkugel" gemeint, die sich auf einem säulenartigen Piedestal innerhalb der Pyramide befunden haben soll.} Der Schlussstein[kristall] {die Kristallkugel} war ein Quarzkristall mit Ausformungen im Inneren, der nach heutigen Maßstäben als unbezahlbar betrachtet wird. [Anm. d. Übersetzers: Die obige Schilderung ist ziemlich simplifiziert – bedenke, dass dies ein Livemitschnitt davon ist, was der Autor mündlich aus persönlichen Erinnerungen erzählt hat. Hier ist ein Auszug aus Dr. Ray Brown's eigener Schilderung. Er war angeblich 1968 mit Freunden Schatztauchen und wurde dabei von ihnen getrennt. Beim Versuch, sich ihnen wieder anzuschließen, sah er plötzlich eine Pyramidenform, die im aquamarinen Licht sichtbar wurde. Die Pyramide lag 22 Faden {132 feet/ca. 40 Meter} unterhalb, hatte eine Höhe von 120 Fuß {ca. 36 Meter} und ragte nur 90 Fuß {ca. 27,5 Meter} aus dem Treibsand am Meeresboden. Er schwamm über den Deckstein, der wie ein Lapis Lazuli aussah, und dann entdeckte er einen Eingang, wo er hinein schwamm. Nachdem er einen engen Flur passierte, kam er schließlich in einen kleinen rechteckigen Raum mit pyramidenförmiger Decke. In der Mitte des Raums stand eine Steinsäule, gekrönt von einer Steinplatte, die mit Schnörkeln verziert war. Auf der Platte ruhten zwei lebensgroße Hände aus bronzefarbenem Metall, die geschwärzt oder verbrannt schienen, als ob sie enormer Hitze ausgesetzt waren. Eingebettet in die beiden Hände war ein etwa tennisballgroßer Kristallball [jetzt "The Atlantean Sphere" genannt], der sich leicht lösen ließ und den er mitnehmen konnte... (Das ist nur ein stark gekürzter, übersetzter Auszug aus dem Englischen gewesen. Lies die orig. Schilderung z. B. auf www.crystalinks.com.) Ray Brown ist Mitte der Neunzigerjahre mit 89 verstorben. Der Kristall, dem viele Leute seltsame mystische Kräfte attestieren, befindet sich jetzt in der Obhut von Arthur Fanning.] Später hörte ich, dass jemand vorhatte, den Schlussstein[kristall] {diese Kristallkugel} zu verwenden, um damit zu versuchen, die Halle der Aufzeichnungen in Yucatán zu lokalisieren und zu öffnen – ich denke, es könnte Pat Flanagan gewesen sein. Er beabsichtigte ihn entweder als eine Art psychisches Führungsgerät, Verstärker oder als einen Schlüssel zu verwenden. Bevor ihr fragt – nein, es war keine erfolgreiche Mission – so weit wie die Aufzeichnungen gehen. Wie ihr wisst, ist das "verlorene Lehren"-Buch so nahe wie es nur geht an der öffentlichen Enthüllung der Botschaft dran, die sich in den Hallen der Aufzeichnungen befindet.

Während jene Taucher in der Pyramide waren... zur gleichen Zeit als das geschah, schrieb einer der Mönche aus diesem Kloster die Geschehnisse auf, während sie sich ereigneten. Seine Schriften zeigten an, dass die Pyramide gefunden wurde und dass die Taucher in sie eingetreten waren. Es war wie eine detaillierte Radio-Sportberichterstattung... "Sie schwimmen in den Eingang hinein zu den Hallen... Entfernen den Schlussstein[kristall]... und sowas in der Art. Das war auch ziemlich interessant.

F: Wusste der Mönch, dass es wirklich passierte?
A: Er glaubte, dass es so war.
F. War es für ihn eine Vision?
A. Ich schätze, du könntest sagen, dass... sich psychikalisch {psychisch, seelisch} in das Ereignis einstimmen, akkurater wäre.
F. War das derjenige, der das Dach wegblies?
A. Ja, es war derselbe. Wenn du die *Verlorenen Lehren von Atlantis* gelesen hast, es war derselbe Mönch, der vom Kurs abkam, Dinge tat, die er nicht sollte und versehentlich das Dach wegblies, während er Klimakontrolle/elementare Kommunikation ausübte.
F. Das war derselbe Mönch, der die Visionen hatte?
A. Ja. Er war auch auf verschiedenen Ebenen geöffnet. Eine andere Sache, die damals mit ihm geschah, war, dass er im Wesentlichen ganze für ihn unbekannte Konzerte oder Teile davon auf dem Klavier spielte, obwohl er nicht wusste, wie man Klavier spielt.

A. Du hattest eine Frage oder wolltest etwas sagen [auf jemanden zeigend].

F. Es war nachts, ich war mit fünf meiner Freunde zusammen und wir saßen am Ufer des Susquehanna Flusses, das war in Pennsylvania. Wir sahen am Himmel ein Ovales {UFO} und es war wirklich hell und leuchtete grell auf dem Wasser. Es war das hellste Ding am Himmel. Es war weißes Licht, zuerst sternenfarbig, aber dann veränderte es sich. Ich erinnere mich nicht mehr an die Reihenfolge, aber es veränderte sich von Blau zu Grün und Rot.

A. Bist du sicher, dass es nicht von Rot nach Blau zu Grün war? [trockener Scherz, ernsthaft gesagt]

F. Ich bin mir nicht sicher [ernst-verstand den Scherz nicht]. Und dann begann es sich quer über den Himmel hin und her zu bewegen, immer weiter auseinander, und dann entfernte es sich einfach.

A. Hast du ihm keine Fragen gestellt, während es sich quer über den Himmel hin und her bewegte? Bist du dir sicher, dass du nicht an einige Fragen dachtest?

F. Ich dachte nur: "Wow!". Doch es war durchaus interessant.

A. Es wusste halt wahrscheinlich, dass du bekifft warst und spielte mit dir.

F. Ich war nicht bekifft.

A. Wirklich. [scherzend]

Du hattest auch eine Frage? [auf eine andere Person zeigend].

F. Jaah, ich habe mich nur gefragt, bei all den Berichten über angebliche Begegnungen, und ich weiß nicht, bis wann sie zurückreichen, warum es nicht mehr üblich ist, dass die Außerirdischen unter uns sind oder dass wir uns wohlfühlen mit ihnen? Warum gibt es so einen geheimnisvollen Nimbus {lat. "dunkle Wolke"} um sie? Und Angst?

A. Ich denke, es ist ein Mix aus verschiedenen Gründen. Das sind irgendwie zwei Fragen in einer. Um die erste zu beantworten, in gewisser Weise könnte man sagen, dass sie häufiger unter uns sind als vielen Leuten bewusst ist. Eines der Merkmale, die sie zeigen, zumindest ein paar verschiedene Spezies, von denen ich weiß, ist, dass sie nicht ganz von der gleichen physischen Schwingung sind wie Menschen, oder dass sie eine Art von Technologie haben, die es ihnen ermöglicht, dass sie durch Wände gehen können und so. Sie scheinen auch zu wissen, wenn die Menschen schlafen oder zu Bett gegangen sind. Und ähnlich wie Santa Claus wissen sie, ob du gut oder böse gewesen bist und handeln dementsprechend [Scherz]. Wenn das der Fall ist, dann können sie, zumindest bestimmte Spezies, wahrscheinlich interdimensional existieren, zumindest zeitweise, oder sie existieren auf schnelleren Schwingungsebenen. Ob es nun eine Frequenz ist, oder die Schwingungsgeschwindigkeit oder was auch immer, es ist klar, dass sie zum Beispiel genau hier in dem Raum mit uns koexistieren könnten, und wir würden es nicht wissen, bis dass sie bereit sind, irgendetwas mit uns zu tun. Denn offensichtlich geschehen ständig Dinge mit Leuten – es gibt entführungsartige Situationen, bei denen keine sichtbaren Außerirdischen oder UFOs anwesend sind, jedoch findet die Entführung trotzdem statt. Es ist wie verloren gegangene Zeit und Derartiges. Nur manches davon kann blockierter Erinnerung zugeschrieben werden. Ich denke eine der größten öffentlichen Enthüllungen von der Idee über Außerirdische und insbesondere den Grauen, kam in einem TV-Film mit dem Titel "Die Betty und Barney Hill Story" {siehe die Anm. des Übers. im Kapitel "Getting Moody" in Teil 2}. Es war eine wahre Geschichte. Nach der Entführung {Post-Abduction} hatte dieses Paar alle Arten von emotionalen Problemen in ihrem Leben und wusste nicht, warum oder was vor sich ging. Sie fingen an, zu einem Therapeuten zu gehen, der sie hypnotisierte, und dann fingen sie an, sich an ihr Entführungserlebnis zu erinnern. Für sie war es nur verloren gegangene Zeit. Offensichtlich aber erkennen moderne Physiker das Konzept, dass Zeit und Raum völlig miteinander verknüpft sind, an, die Ideen von Wurmlöchern, sich durch die Zeit zu bewegen wie auch durch den Raum etc., sind jetzt ziemlich gut akzeptierte Theorien. Vorfälle über verloren gegangene Zeit könnten also entweder aus Erinnerungsblockaden sein oder von einer Art Zeitverschiebung, die sich ereignete... einer Schwingungsverschiebung, die sich ereignete.

Ich war zu Früh dran, weil
Ich Gerade das Zeitgefühl Verlor

Eine von den letzten Geschichten mit der Botschafterin, worüber wir sprechen werden, war auf einer Rückfahrt von Phoenix nach Südkalifornien. Wieder auf der I-10. Eigentlich gibt es zwei Geschichten darüber, denn wir fuhren mehrmals zwischen LA und Phoenix hin und her. Aber diese erste davon war nachts auf dem Weg nach LA. Wir begannen zwei außergewöhnliche Dinge zu bemerken, eines war, dass es weit in der Ferne an den Ausläufern der Berge drüben in der Wüste Nebel gab. Das war überhaupt nicht normal. Anschließend fingen wir alle an, im selben Gebiet Lastzugkarawanen zu bemerken, welche entlang der Ausläufer von den Bergen fuhren – an Stellen, wo es keine Straßen gab oder keine sein sollten. Oder wenn es dort Straßen gäbe, hätten sie wie unbefestigte Wüstenstraßen sein müssen, auf denen Jeeps unterwegs wären, keine Sattelschlepper. Doch es waren Lastzugkarawanen, die von einer Stelle inmitten von Nirgendwo, zu einer anderen Stelle inmitten von Nirgendwo fuhren. Dann begann dieser Nebel sich näher heranzuschleichen und kam schließlich auf den Freeway. Nochmals – das geschah noch nie. Dann urplötzlich befanden wir uns in Palm Springs. Nicht nur die Zeit fehlte, auch die zurückgelegten Meilen waren abhandengekommen, als wenn das Auto tatsächlich abgehoben hätte, sodass es keine zurückgelegten Meilen gab, weil die Räder sich nicht auf dem Freeway drehten und dann wieder woanders aufsetzten. Ich gebe zu, so etwas könnte toll für den Wiederverkaufswert sein, aber...

F. Wie viel Zeit wurde herausgeschnitten, die du vermisst hast?
A. [Zum Mönch] – Erinnerst du dich noch?
[Mönch]: Es war wie nach eine Stunde.
A. Es war toll, ich wünschte, wir könnten die ganze Zeit auf diese Art reisen.
[Mönch]: Es war ein Unterschied von 3-4 Stunden.
A. Überdies war es meist eine lange langweilige Fahrt.

F. Ich versteh nicht, was du meinst, du sagtest, es könnte entweder eine Erinnerungsblockade oder eine Zeitverschiebung sein. Ich versteh wirklich nicht, was das bedeutet.

A. Nun, das ist so, als würdest du sagen, du verstehst Einstein's Theorien nicht. Die meisten Leute verstehen sie nicht. Du musst zuerst mal deinen Hochschulabschluss in Physik schaffen und dann können wir weiter darüber reden. Ich kann es nicht wirklich erklären, wenn du diese Konzepte nicht verstehst – es ist sehr komplizierter Stoff.

Wer bekam Benzin?

Ein anderes Vorkommnis war, und ich weiß nicht mehr, ob ich von Phoenix nach Los Angeles oder von Los Angeles nach Phoenix unterwegs war, aber das war ein anderes Mal – irgendwann innerhalb von sechs Monaten nach diesem ersten Vorkommnis. Wir hatten an einer Tankstelle angehalten, die an ihrer eigenen Ausfahrt lag, draußen mitten auf der Strecke, irgendwo auf der I-10 – das war alles was dort existierte – nur dieser eine Tankstopp. Wir bekamen dort Benzin, bezahlten dort dafür, und vermutlich bekamen wir dort einen Kaffee. Doch auf der Fahrt zurück, gleich am nächsten Tag, konnten wir sie nicht finden – dort, wo sie gewesen war, gab es noch immer eine Art Tankstelle... nur dass sie 50 Jahre alt und 50 Jahre verlassen aussah. Es war alles verrostet, und da war ein hoher Stacheldrahtzaun um sie herum, als ob sie über Jahrzehnte geschlossen hatte, und als ob jemand Leute fernhalten wollte. Es war sehr, sehr seltsam. Was das mit allem zu tun hat, keine Ahnung, aber das knüpft an diese Art von Zeug irgendwie an.

F. Hast du jemals irgendwelche Meditationen gemacht und versucht dich daran zu erinnern, was in jenen Momenten geschehen ist wo (unhörbar)...

A. Mehr oder weniger. Es war eher eine Visionssuche. Das wird später in unseren Geschichten kommen, sofern es darum geht, was sie Leuten antun und so und die sich an solche Dinge erinnern. Doch das bringt mich zu einem wichtigen Punkt. Es gibt einen Mangel an Respekt des freien Willens bei diesen Vorkommnissen, was ich extrem anstößig finde. Es stört mich nicht in dem Sinne, dass es beängstigend ist oder so, (was war das für ein Geräusch?! Hat das jemand gehört?!) [Scherz]. Aber es ist seltsam und ich muss mich schon fragen, wenn es eine Spezies gibt, die so viel Macht und Fähigkeiten hat, und sie unseren freien Willen nicht respektieren, worum es ihnen geht, woher sie spirituell kommen? Es ist nicht besonders gut. Nochmals, es gibt eine Menge unterschiedlicher Spezies, und einige weiß ich, markieren Leute, und vielleicht markieren sie Leute ja aus guten Gründen. Wollen ihnen in der Zukunft helfen und wollen wissen, wo sie sind – genauso wie es unsere Wissenschaftler mit gefährdeten Spezies machen. Sie studieren sie und markieren sie mit Radiosendern, damit sie ihre Spur verfolgen und ihr Verhalten studieren können, in der Hoffnung, Spezies zu retten oder um etwas zu ihrer Erhaltung zu tun. Einige der Außerirdischen legen also ein ähnliches Verhalten an den Tag, wie unsere menschlichen Wissenschaftler es bei Bären und Löwen, Walen oder was auch immer tun, und es scheint die gleiche Gefühllosigkeit in Bezug auf freien Willen zu geben, und bezüglich der Art & Weise, wie die "Subjekte" behandelt werden, und bezüglich der Hygiene- und Schmerzprobleme, die mit dem "Markieren" verbunden sind. Es ist bedauernswert, dass Menschen so weit unten auf der Empfindungsfähigkeitsliste der Außerirdischen stehen, um auf dieselbe Art & Weise betrachtet zu werden, wie wir gefährdete Irdische Tierarten betrachten, bloß weil die Außerirdischen wissenschaftlich etwas mehr entwickelt sind. Aber nochmals, wir tun das Gleiche – bei Wesen wie Walen und Delfinen, hast du Beweise für eine sehr hohe Intelligenz und für ein Verhalten, das sehr, sehr empfindsam ist. Das Verhalten der Delfine, vor allem im spirituellen Sinne, ist dem der Menschen so weit überlegen, dass es geradezu erstaunlich ist. Zum Beispiel müssen Delfine Luft atmen – sie sind keine Fische – sie können ertrinken, wenn sie nicht an die Luft kommen. Eines der Dinge, das mit ihnen geschieht, sobald sie in Thunfischnetzen gefangen werden, ist, dass wenn sich das Netz über ihnen zuzieht, dass sie nicht zum Atmen an die Oberfläche können. Manchmal, für eine Weile gibt es ein kleines Stück im Bereich des Netzes, das noch nicht zugezogen ist, und einer oder zwei aus einer ganzen Gruppe können an die Oberfläche um Luft zu holen. Was tun sie? Sie wechseln sich an der Stelle gegenseitig ab und bekommen bis dass sie alle tot sind, einen Atemzug. Wohingegen die meisten Menschen kämpfen und kratzen und alles tun würden, was sie könnten, um sich ihren Weg an die Oberfläche zu bahnen, und auf jeden drauftreten oder jeden töten würden, der ihnen in die Quere kommt. Doch nochmals, wir behandeln Delfine mit totaler Respektlosigkeit, töten sie jeden Tag zu Tausenden und machen auch Dinge wie etwa das Kennzeichnen – während sie eigentlich unsere intellektuell und anscheinend spirituell Höherstehenden sind. Zumindest wenn man Spiritualität nach dieser Art von selbstaufopferndem Verhalten im Angesicht des Todes beurteilen will. Sie haben das besser drauf als wir Menschen.

F. Bezüglich der Außerirdischen hat man das Gefühl, dass wir wie Versuchskaninchen behandelt werden.
A. Nochmals, wir sprechen über mehrere unterschiedliche Spezies, deshalb kannst du sie nicht alle in einen Topf werfen, allerdings ja, bei manchen von ihnen, ja das ist, was vor sich geht, wir werden behandelt wie Versuchskaninchen.
F. Gegen unseren Willen?
A. Ja, gegen unseren Willen.

Ich sollte dieses Thema vermutlich für später aufheben, weil es eine ganze Reihe von Geschichten gibt, die vorher kommen müssen, und die dazu führen.

[ein anderer Mönch]: Ich stell mir das gerade so vor wie in der Christlichen Tradition, du hast die Entrückung, wo Leute am Weltuntergang emporgehoben und gerettet werden, und bei vielerlei Ansichten über Aliens ist es das Gleiche – da gibt es all die Geschichten wie diese. Du hast dann von der Markierungssache gesprochen, es ist denkbar, dass einiges von der Markierung nicht nur dazu dient, um dir einen Embryo oder so was Ähnliches zu implantieren, sondern vielleicht um dich dafür zu markieren, falls irgendeine mögliche Krise geschieht, um dich zum Kuckuck nochmal von hier rauszukriegen.

A. Ja, und mache Spezies tun diese verschiedenen Dinge – markieren wegen unterschiedlichen Gründen. Ich gehe davon aus, dass auch manches Embryoimplantieren im Gange ist. Doch lasst mich dies noch mal sehr deutlich machen – wenn ihr euch nicht selbst in die Art von Person verändert, die es verdient, in einer besseren Welt zu leben, in die Art von Person, die selbstlos liebt und die sich zuerst um andere kümmert, werdet ihr nicht gerettet. Leute, die denken, sie können einfach an Jesus glauben oder an Mutterschiffe oder was auch immer, und die sich selbst als Auserwählte betrachten, aber nach wie vor Repräsentanten des egoistischen menschlichen Parasiten sind, der so viel Schaden verursacht hat, so viel Leid, verdienen es, auf diesem sinkenden Schiff zu bleiben, und werden es. Es wird eine Menge schockierter Gesichter geben, wenn die schweren Endzeiten aufschlagen. Jesus zum Beispiel hat NIE gesagt, man soll an ihn glauben, ihn anbeten, ihn als unseren Herrn verkünden, doch ER HAT UNS EIN GEBOT GEGEBEN. EIN GEBOT LEUTE, nicht eine Suggestion, nicht eine Lehre – ein Gebot. Wie lautete das? Einander so zu lieben, wie er uns geliebt hat {Joh. 13,34}. Wie hat er uns geliebt? Selbstlos, vollkommen selbst-aufopfernd, vollkommen tolerant und gebend. Alle, die nicht Jesus' GEBOT befolgen, werden nicht gerettet, auch wenn sie denken, dass sie "gerettet" werden, nur durch das "Glauben" oder durch Verkünden ihrer Loyalität. Lies die Bibel, das ist unbestritten. Das Gleiche gilt für die Alien-Erretteridee.

F. Ist das nicht Bestandteil von den alten Prophezeiungen, wo einige Weltraumbrüder zu Hilfe kommen?

A. Ja. Aber zwei Dinge – WENN sie aushelfen, werden sie nur jenen helfen, die es wert sind zu retten, jene, die nicht selbstsüchtig einen anderen Planeten demolieren, die nicht gegen den Fluss des universalen Gesetzes, gegen die Natur etc. leben. Seht euch den Film "Brother John" {Der Mann aus dem Nichts - 1971} an. Macht es also Sinn, eine ganze Spezies zu retten, die sich selbst zerstört hat und die so grausam gelebt hat wie die Menschheit? Oder macht es Sinn, nur jene zu retten, die sich so verändert haben, dass sie niemanden oder nichts mehr verletzen bzw. verletzen können. Rettet man nur jene, die sich um alle und alles andere sorgen und dabei hilfreich und ein konstruktives Wesen sind, das dem Willen des Universalen Geistes folgt? Die Antwort könnte nicht offensichtlicher sein, wenn sie euch ins Gesicht beißen würde. Aber wisst ihr, vielleicht werden jene, die immer noch ein selbstsüchtiges, negatives Leben führen, aber daran glauben, dass sie aufgenommen werden, auch aufgenommen, aber nicht von sehr netten Wesen – alle Dinge werden letztendlich zu ihrer eigenen Schwingungsebene hingezogen.

Als Nächstes, aus den Lehren über die Weltraumbrüder geht hervor, dass ihre Intervention ein "großes Vielleicht" ist und dass das Timing davon anders ist, als es viele erwarten. Es ist nicht zwangsläufig ein *vor* den Endzeiten Deal. Nochmals, unsere musikalischen Propheten von heute, wie etwa die Moody Blues, Jimmie Hendrix, Neil Young, ELO, Jeff Lynn, solche Leute schreiben ebenfalls über das Szenario von gerettet zu werden, aufgenommen zu werden.

Unglücklicherweise handelt es sich größtenteils, und nochmals, dies wurde in den antiken Lehren offengelassen, um die Rettung von wenigen Überlebenden, und sie findet erst statt, nachdem die Hölle losgebrochen ist und schreckliche Katastrophen auf der Erde bereits stattgefunden haben. Dann bekommen bestimmte Personen unter diesen Übriggebliebenen Hilfe, werden zu einer neuen und besseren Welt mitgenommen – eine, in der sie reingehören. Neil Young's "After the Gold Rush" schildert das so klar. Jeder, der dieses Lied noch nicht gehört hat, sollte auf jeden Fall versuchen, es irgendwo zu finden und sollte es mit diesem Verständnis anhören. {Anm. d. Übers.: Als Randbemerkung – es gibt inzwischen einen Film mit Nicolas Cage – "Knowing - Die Zukunft endet jetzt", der diesen Aspekt am Schluss aufgreift.}

F. "The Gold Rush" steht hier für.......?
A. Falls du mal das Original-Albumcover der Vinyl-LP siehst, schau genau drauf, mit dem was du jetzt weißt. Ich weiß nicht, ob die CD das gleiche Cover hat oder nicht – er spricht nicht über den Goldrausch {gold rush} wie etwa den 1849er Ansturm auf Kalifornien, um Gold zu finden. Er spricht über den "gold rush" von nuklearen Feuersbrünsten. {Anm. d. Übers.: Das engl. Wort "rush" wird hierbei verwendet im Sinne von flare up/a burst of lightning = aufblitzen. Womit der leuchtend gelbe 'Atomblitz' gemeint ist.} Das Cover zeigt zwei Leute auf einer Straße mit einer Ziegelwand hinter ihnen, und es ist in schwarz-weiß, bis auf die Worte "After the Gold Rush", welche die Farbe aus dem Bild durchlassen – die wie ein feuriges orangerot ist. Es zeigt auch, ich denke, eine kleine alte Dame, die versucht wegzurennen oder sich wegbewegt, und jemand {N. Young} blickt zurück auf die Quelle eines intensiven Lichts, und die Ablichtung seines Gesichts hat dazu dieses ausgebrannte Leuchten wie eine Überbelichtung. Der Song handelt definitiv darüber. Insiderinformation – Young hatte viele akkurate prämonitorische {warnende} Träume und Visionen, hatte sie nachgeprüft und hatte periodisch wiederkehrende Träume von verschiedenen Weltuntergangsvorkommnissen gehabt, einschließlich Erdbeben, Vulkanausbrüchen etc.

[Anmerkung: Der berühmte Wissenschaftler und Autor von "Unser Kosmos", Carl Sagan, hatte sehr überzeugende und logische Theorien über das Universum. Hierzu gehörte auch die Idee, dass es viele, viele, viele empfindsame Lebensformen im ganzen Universum gibt (und Milliarden und Abermilliarden von Sternen [Sagan Scherz]), aber er glaubte, dass viele von ihnen wahrscheinlich ausstarben, als sie einen ähnlichen Punkt in ihrer Evolution erreichten, wie jetzt die menschliche Rasse – ein Punkt, an dem sie technologisch dazu imstande sind, sich selbst vollständig zu zerstören. Und ihren Planeten. Ich denke, Sagan war der Überzeugung, dass eine Mehrheit der planetarischen Spezies sich auf dieser Stufe selbst zerstören würde, statt dass die Mehrheit darüber hinauskommen könnte. Das grenzt die zum intergalaktischen Raumflug fähigen Spezies um einiges ein. Dennoch gibt es da mehr als genug. Aber die Botschaft für uns ist, dass sich unsere Macht weit jenseits unseres Bewusstseins befindet und somit ist unsere Fähigkeit, Macht weise zu nutzen, gleichzusetzen mit Zerstörung.]

Teil Drei

Vorwort
Ich Weiß Vielleicht Noch Nicht Worüber Ich Spreche.

Zuerst lasst mich sagen, dass ich nur ein bescheidener spiritueller Lehrer bin. Mein einziges Lebensziel ist es, den Leuten zu helfen, ihre spirituellen Naturen zu entwickeln, zu ihrem ursprünglichen spirituellen Daseinszustand zurückzukehren und um zurückzukehren zur Einsheit mit dem Universalen Geist/Gott. Ich bin kein UFOloge, und es ist nicht mein Fachgebiet. Obwohl ich jene sehr respektiere, die diese Interessen haben, die nach der Wahrheit über sie suchen und die die Wahrheit über sie bloßstellen, ist das nicht mein Fachgebiet, und ich bin so mit meinen anderen Prioritäten beschäftigt, dass ich keine Zeit dafür habe (zusammen mit vielen anderen Dingen. Zum Kuckuck noch mal, ich bin froh, um mir Zeit für das Badezimmer zu nehmen!) Ich habe auch keine Zeit für Entführungen, und ich wünschte, einige von diesen verdammten Aliens würden uns zufriedenlassen – ich habe Insekten-abwehrsprays ausprobiert, und sie funktionieren bei Aliens verdammt noch mal nicht (Scherz). Aber aus welchem Grund auch immer, scheine ich mehr als meinen Anteil an UFO- und Alien-Erfahrungen zu haben, und ich bin gerne bereit, mit anderen jenes zu teilen, zusammen mit den antiken Lehren von Atlantis, was ich über solche Dinge lernte. Außerdem beanspruche ich nicht, ein Experte zu sein, wenn ihr also mit dem nicht einverstanden seid, was ich hier zu sagen habe, oder wenn ihr glaubt, dass ihr helfen könnt, Dinge für mich zu klären, behaltet bitte einfach eure eigene Meinung bei und ändert sie nicht wegen mir – ihr wisst vielleicht viel mehr als ich, und meine Meinungen stammen nur von dem, was ich persönlich erlebt und in den alten Lehren gelesen habe. Doch kontaktiert mich bitte nicht darüber, ich bin so sehr mit meinen Pflichten und Verantwortlichkeiten beschäftigt, dass ich nicht mal allein mit denen Schritt halten kann. Ich denke jedoch, ihr solltet Informationen, die ihr habt, austauschen, und dafür gibt es viele Ressourcen, wie bspw. Art Bell's Radioshow etc.

[Das folgende Buch ist eine bearbeitete Abschrift aus einer Reihe von Vorträgen, die Jon im März 2001 hielt. Er ist eine humorvolle Person und macht gelegentlich "da draußen" Scherze, du wirst deshalb das Booklet mehr genießen, wenn du keine zu ernste Person bist.]

F. Ich habe mich gewundert, du hast an einer Stelle gesagt, dass die Weltraumbrüder keine Raumschiffe und so was hätten, sie würden durch Licht reisen, da sie spirituell so weit fortgeschritten wären, also scheint es nicht so, als würden sie das Markieren machen.

A. Nein, solche Sachen machen sie nicht. Und was die Raumschiffe angeht, hängt es davon ab, wie du Weltraumbrüder definieren willst. Nochmals, was ich zuvor sagte, ist, dass es in der Nachbarschaft etwa 50 verschiedene Spezies gibt, über die die antiken Lehren besagen, dass sie die Erde besuchen. Und was du ansprichst, ist, dass es eine Skala der Evolution gibt, und je höher du dich spirituell entwickelst, desto weniger brauchst du irgendetwas Physisches, um darin zu reisen. Letztendlich bist du wie ein Lichtwesen, ein Engel, du brauchst kein Schiff mehr, um das Universum zu bereisen. Gedankenwelt ist die höchste Form, um darin zu leben, es ist die schnellste Art, um zu reisen, du kannst jeden Ort bereisen, den du dir denken kannst, und augenblicklich da sein. Was immer du dir vorstellen kannst, kannst du augenblicklich erschaffen. Sogar alles auf den langsamen Schwingungsebenen, wie etwa der "physischen Ebene" der Erde, ist auf diese Weise, um genau zu sein. Dies ist eine sehr grobe, langsame Schwingungsebene. Aber sie untersteht nach wie vor der Herrschaft des Verstandes. Verstand ist der Erbauer. Das ist universales Gesetz. Verstand erschafft alles. Nichts, das die Menschheit auf Erden getan hat, kam nicht zuerst von jemanden's Verstand. Denk an, was immer du willst, an ein Auto, an Häuser, an Städte- alles musste zuerst erdacht werden. Dann sind daran eine ganze Menge "Gedankenprozesse" beteiligt, die zur Fertigstellung von etwas führen, das auf der physischen Ebene manifestiert wird. Wenn du ein Haus bauen willst, ist das Erste, was du tun musst, denken, dass du ein Haus bauen willst, richtig? Dann müsstest du nachdenken, wo du es bauen willst, als Nächstes müsstest du nachdenken, welche Art von Haus es sein soll. Wenn du dich einmal entschieden hast, welche Art von Haus es sein soll... (Offenbar spreche ich davon, es selbst zu bauen, aber falls du dennoch einen Bauunternehmer anheuerst, hat dies alles der Bauunternehmer zu tun). Jemand muss es alles tun. Der nächste Teil ist der architektonische Aspekt davon, genau genommen musst du herausfinden, was nach wohin kommen wird, ob das Ding stehen wird, wie man den Dachstuhl verankert und aus was man die Mauern macht, wie die Abmessungen sein sollen etc. Dann musst du die Materialien erwerben, um all dies zu tun... und schließlich stehst du mit einem Haus da. Du könntest sehen, wie offensichtlich es ist, dass der Verstand der Erbauer ist, wenn du deinen Zeitrahmen (wir sprechen über Zeitverschiebung) nach dorthin verschieben könntest, wo du so zu sagen in einer anderen Zeitdimension existiert hast, oder in einer anderen Zeitrahmenperspektive, ähnlich einer Zeitrafferfotografie. Zum Beispiel, du hast doch Zeitrafferaufnahmen gesehen, wo Dinge gebaut oder abgerissen werden oder wachsende Pflanzen, aufblühende Blumen oder einen orange werdenden Schimmel auf ihnen, der sich zersetzt und in den Boden zurückgeht etc. Das ist so, als würde man auf Dinge in einem anderen Zeitrahmen blicken. Und wenn du Menschen so betrachtet hast, würdest du sehen, wie der Verstand der Erbauer ist, und wie die Zeit vergeht, ob schnell oder langsam, letztendlich aber passiert dasselbe, das du in Zeitraffer siehst. Wenn du jemanden, der an den Bau eines Hauses denkt, betrachtet hast und an all die Schritte von da aus in einem unterschiedlichen Zeitrahmen – würde das Haus, so "ritsch", ritsch, ratsch gebaut werden, und in einem Augenblick (so würde es erscheinen) wäre es alles getan. Aber das ist bei allen Dingen so. Es geht hier nur sehr langsam und so ist es eben. Aber alles, egal was, alles ausgenommen was die Natur erschaffen hat, musste zuerst ausgedacht werden, und jeder Schritt, der daran beteiligt war, um es zu verwirklichen, musste erdacht werden, der Verstand musste eingesetzt werden, um es in einer bestimmten Richtung zu behalten. Genauso als ob du gerade begonnen hättest, ein Haus zu bauen und es dann auf einmal gestoppt hättest... du davon abgekommen wärst und gesagt hättest,

"Ich denke, ich werde nach Europa geh'n und lass die Seele baumeln, und schaff mir ein Boot an und geh Segeln", der Hausbau stoppt. Du stoppst das Anwenden deines Verstandes für seine Erschaffung. Das ist der Grund, warum es stoppt.

F. Wenn du außerhalb eines Körpers bist, hast du doch kein Gehirn.
A. Sprichst du für dich [Scherz]. Es gibt einen Unterschied zwischen einem Gehirn und einem Verstand, sie sind nicht dasselbe. Das Gehirn ist mehr oder weniger das physische Organ, dass ein Verstand verwendet, um hierdurch auf der physischen Ebene zu funktionieren.
F. Also, wenn du außerhalb eines Körpers bist und du ein Lichtwesen bist, hast du einen Verstand?
A. Ja, du hast immer einen Verstand (zumindest einige von uns haben ihn) [Scherz], du hast immer Bewusstsein und du hast immer einen Körper in irgendeiner Form, auch wenn es ein Lichtkörper ist, ein hochschwingender Körper, du hast immer etwas, das du bist.
F: Bist du nicht formlos?
A. Was heißt das?
F. Ich weiß nicht.
A. Du sprichst von formlos, du musst deine Frage für mich schon besser definieren, damit ich sie beantworten kann.
F. In den Lehren heißt es, in der Historie, heißt es wir wären stets in Fluss, würden uns stets verändern und wären nicht... irgendwas mit ungebunden sein.
[ein anderer Mönch]: Nicht in Materie gefangen ist vermutlich, was du meinst.
F. Jaah. Bedeutet das, dass wir dieser Stern da oben sein könnten und dieser Planet da oben?
A. Du könntest die Form davon annehmen, aber das ist jemand anders. Das ist, was unsere wahren Wesen sind, aber dein Stern ist nicht derjenige. Unsere wahren Naturen sind die von Sonnensystemen. Das ist alles, was im Universum existiert. Da draußen sind es Sonnensysteme, und alles auf dem Planeten Erde, einschließlich der Natur, ist nur aus Atomen zusammengesetzt – klitzekleine Sonnensysteme. Alles ist also Sonnensysteme und Raum, ob es nun in einem Mikrokosmos oder in einem Makrokosmos ist. Das ist alles, was es gibt. Wir leben in der Dazwischenwelt wo wir diese Illusion von den Atomen sehen, wie sie in gewisser Weise verbunden sind und wie sie dazu auf bestimmten Frequenzen schwingen, wo wir dann eine Wand sehen oder wo wir eine Tür sehen, wo wir einen Stuhl oder ein Auto sehen. Doch was sie wirklich sind, ist wie Milliarden von Sonnensystemen, Sternen, die wirklich wirklich wirklich wirklich winzig sind mit einer Menge Raum zwischen ihnen. Der Raum zwischen ihnen hat ebenfalls mit dem zu tun, was wir denken, dass es real ist und was wir sehen. Du veränderst den Raum, du veränderst die Schwingung und die Frequenz, und es verändert, was wir mit unseren eingeschränkten fünf keinen Sensoren wahrnehmen. Wir sind wie diese Messsonden, die eine sehr eingeschränkte Leistungsfähigkeit haben. Wir können die Röntgenstrahlen und solche Dinge nicht wahrnehmen. Wir können auf dieser groben Ebene von 20 bis 20.000 Zyklen pro Sekunde hören und wir können im sichtbaren Lichtbereich sehen und noch dazu nicht besonders gut. Wir können Vibration

{Schwingung} durch Berührung wahrnehmen, was eine noch gröbere Ebene ist. Wir sind sehr eingeschränkt in Bezug darauf, was wir erkennen bis hin zu dem, was real ist und was vor uns ist und was dort draußen im Universum ist und was das Universum ist, Punkt. Irgendwie kommen wir hier, sofern wir über UFOs reden, weit von der Bahn ab.

Weck mich Wenn die Invasion Vorbei ist

Gab es da noch eine Frage, die nicht beantwortet wurde, als wir von diesem Thema abkamen? Oh, wir haben den letzten Teil von ihrer Frage {eine wbl. Person} nicht abgeschlossen, es war über die Angst, denke ich, Angst vor Außerirdischen.

Ein Teil davon hat zu tun mit... es gibt einen Grund, Angst zu haben. Bei uns *wird* am Ende doch eingedrungen. Nicht so, wie wir es in den Filmen und im Fernsehen gewohnt sind zu sehen, nichtsdestotrotz wird aber eingedrungen. Es ist nicht so, dass irgendetwas kommt, es ist bereits seit langer Zeit hier. Wir haben bereits darüber gesprochen, wie uns unser freier Wille genommen wird. Wir haben keine Käfige, wir sind anscheinend frei, um herumzulaufen, aber wenn jemand dich im Grunde genommen mitnehmen kann, wann immer er [oder sie] wollen, dich irgendwo hintun, wo sie wollen, dir etwas einsetzen, dich erforschen ("lass uns die Untersuchung beginnen!" wie die Zecke sagte), Sachen mit deinem Körper machen, wurde bei dir eingedrungen und sie sind deine physischen Meister. Das ist auch ein guter Punkt. Wir sprechen von deinem *Körper*, und nur von deinem Körper. Denn sie können deinem Geist nichts anhaben. Sie können deiner Seele nichts anhaben, wer du wirklich bist, was ein weiterer Grund ist, warum die spirituelle Evolution der Leute, die spirituelle Entwicklung, ihre erste Priorität sein sollte – um dorthin zu kommen, wo du frei bist. Diejenigen, deren Bewusstsein nicht über die physische Ebene hinauskommen kann, die nicht über ihren Körper hinauskommen können und über ihre Leidenschaften und Ängste, sind stecken geblieben. Dem Körper kann irgendetwas geschehen und er wird letztendlich sterben, egal was du tust, um zu versuchen es abzuwenden damit es nicht geschieht, er wird sterben, auf die eine oder andere Weise. Wenn du dein Bewusstsein *nicht* genug entwickelt *hast*, steckst du fest und brauchst einen anderen Körper, wenn du dein Bewusstsein genug entwickelt *hast,* benötigst du ihn nicht.

Macht man Alienentführungsopfer auf Milchkartons?

Da es mit diesem Gesprächsthema verwandt ist, werde ich weitermachen und zu unserer nächsten Geschichte rüberspringen, die mein erstes Vorkommnis eines Entführungsversuchs mit einbezieht. Doch bevor wir zu den Details kommen, lasst mich das "Warum und Weshalb" ansprechen.

Es gibt mehrere Gründe, weshalb sich dies vielleicht niemals zuvor ereignet hat, und "plötzlich" anfing, sich zu ereignen. Der erste ist, dass es mit einer neuen Schülerin zu tun gehabt haben könnte, die zu jener Zeit mit uns reiste. Sie sprach davon, dass sie während ihres gesamten Lebens Entführungen hatte.

Der andere mögliche Grund ist etwas, das Moldavit genannt wird, ein durch einen Meteor entstandener "Edelstein", wovon wir unlängst einen Beutel voll bekommen hatten – mehr darüber später.

Willkommen in der Alienwelt von Orlando

Wir waren südlich von Orlando in einem Wohnmobil, vermutlich etwa 30 Meilen außerhalb der Stadt. Wir übernachteten auf einem Wohnmobil-Campingplatz. Mitten in der Nacht hatte ich plötzlich diese kleinen Grauen um mich herum, die an mir arbeiteten. Nicht irgendwo anders, sondern genau dort im Wohnmobil. Sie machten eine Operation an meinem Knie. Es war ein bisschen traumartig, aber es war auf jeden Fall kein normaler Traum und irgendwas "stimmte" definitiv "nicht". Ich konnte mich nicht bewegen und es schien, als ob ich betäubt war und aus der Benommenheit nicht "aufwachen" konnte. Ich hatte mich mit derlei Dingen zuvor im Zusammenhang mit einem psychischen Angriff beschäftigt und wusste, es gab nur eine Möglichkeit, um weiterzukommen – Willenskraft. Also zwang ich meinen Bewusstheitszustand in den bewussten Bereich hinein, wie wenn du dich selbst zwingst, aus einem schlechten Traum aufzuwachen. Ich denke nicht, dass sie das irgendwie erwarteten. Ich schätze, dass mir mein mentales Training und mein Meditationstraining mehr Willens- und Geistesstärke gab, als sie gewohnt waren. Als ich hochkam und aufmerksam wurde, hauten sie ab, sie waren einfach weg, einfach verschwunden – kein Türzuschlagen, rein gar nichts. Es war nicht so, dass sie durch die Tür rannten, sie waren einfach weg. Aber sie waren immer noch da und in was auch immer sie waren, es war noch da, weil da Lichter über dem Wohnmobil-Campingplatz waren. Niemand hat sich irgendwo im Campingplatz gerührt, und da waren blendende gleißende Lichter, die durch die Belüftungsöffnungen des Wohnwagens kamen und von außerhalb des Fensters. Der ganze Campingplatz war weit heller erleuchtet als bei Sonnenlicht. Es war, als ob Tausende dieser Kohlebogen-Suchscheinwerfer, die sie für feierliche Eröffnungen verwenden, vom Himmel auf den Wohnmobil-Campingplatz herabstrahlten. Dann urplötzlich, ging das Licht einfach aus, und es war wieder völlig dunkel. Sie hatten es offensichtlich, bevor ich zu mir kam, geschafft, irgendeine Arbeit an meinem Knie auszuführen, und an denen von allen anderen im Wohnwagen. Denn am nächsten Tag hatten alle, ich denke, wir waren hier zu viert, alle unterschiedliche Narben an ihren Knien. Drei Leute hatten ca. 1/4-Inch {ca. 6,35 mm} breite Markierungen in Form der Enden eines sechszackigen Sterns. Sie sahen aus, als ob sie mit Nadeln gemacht wurden, mit einem Nadelpunkt in der Mitte, mit einem Bluterguss. Eine Person hatte sogar eine Zickzack-Narbe, die aussah, als ob jemand eine Zickzack-Nähmaschine genommen hätte und hätte sie quer über die Oberseite ihres Knies laufen lassen. Dies war alles an den Knien. Ich denke, die Narben waren bei allen auf der gleichen Seite. Ich kann mich nicht erinnern, ob es damals links oder rechts war. Aber jeder hatte sie.

Wir sprachen von dem Moldavit. Dies ist nämlich die andere Möglichkeit, weshalb wir anfingen, diese "lieblichen" Eingriffe zu haben. Also müssen wir ein bisschen darüber reden. Wir hörten nach der Orlando-Erfahrung das Folgende darüber. Moldavit sieht ein bisschen wie ein Smaragd aus, aber es kommt angeblich von einem Meteor. Jedenfalls, nachdem sich dieser Vorfall ereignete, sprachen wir mit jemandem darüber und sie meinten, dass Moldavit dafür bekannt sei, Aliens anzuziehen. Prima. Wir wurden es los. Aber es bezweckte nichts Gutes – wir waren jetzt Teil von "ihrem" Programm. Von da an war es alle paar Nächte oder zuweilen jede Nacht, eine ständige Erfahrung. In der Tat, kurz danach, an der Küste von Florida, wahrscheinlich innerhalb einer Woche, könnte auch ein Monat gewesen sein (es ist schon lange her), machten sie etwas an meinem Ohr. Ich bekam davon eine Ohrinfektion, ich hatte Bluten und bekam auch Fieber, war ziemlich krank.

Mögen Aliens keine Trommeln?

Schließlich ging ich einen alten Freund besuchen, der in der Heilung aktiv war, Naturheilkunde, und der ein Chiropraktiker war. Er war mehr als dein Durchschnittschiropraktiker, auf mancherlei Arten. Er hatte nahezu einen vollen Doktor der Medizin {MD} gemacht- wie etwa die Ausbildung, mit Ausnahme der medikamentösen. An der Schule, wo er studierte- hatte er viel Anatomie, Sezieren usw. gemacht. Und außerdem war er Heiler in zweiter Generation – er fing an, in die Fußstapfen seines Vaters zu treten, als er erst 6 Jahre alt war. Versteht ihr. Er blickte mit irgendeinem Gerät in mein Ohr, mit dem er gleichzeitig reinsehen und die Trommelfellbewegung testen konnte. Es hatte einen kleinen Druckballon, der den Luftdruck im Inneren des Ohres erhöhte oder senkte, sodass er beobachten konnte, wie das Trommelfell reagierte. Er sagte, dass es so aussah, als ob ich eine etwa 1/8-Inch {ca. 3,2 mm} lange, frische OP-Narbe hätte, die sehr präzise war – entweder durch einen wirklich guten Chirurgen gemacht oder vielleicht mit einem Laser. Doch noch interessanter, er sagte, dass es so aussah, als ob mein altes Trommelfell nicht mehr funktionierte – und dass jemand darüber ein neues aufgebaut hatte, und das war das, was zu funktionieren schien.

Danach beschloss ich, dass es vielleicht eine gute Idee wäre, einen promovierten Arzt aufzusuchen, nur um deren Meinung dazu zu hören. Ich ging zum Erstbesten, den ich finden konnte, bei dem ein passender Termin frei war. Ich hab ihm die Geschichte natürlich nicht erzählt. Aber als er mit *seinem* kleinen Gerät in mein Ohr reinsah, sagte er nicht ein Wort, er setzte es nur unverzüglich ab, ging hinüber zu einem Telefon und tätigte einen Anruf. Ich konnte ihn flüstern hören am Telefon (vermutlich mit meinem neuen superstarken Alien-Gehör [Scherz]). Er flüsterte intensiv, "Du musst dir das ansehen, du musst hier rüberkommen und das sehen!". Das war nicht sehr "beruhigend". Also verließen wir seine Praxis unmittelbar bevor derjenige, wem auch immer er anrief, herüber kam. Alles, was er erwähnte, war irgendeine Art weißer Rückstand. Als Nächstes entschied ich mich, einen alten Freund aufzusuchen, der ein promovierter Arzt {MD} ist und der der einzige war, dem ich vertraute. Aufgrund der Reisezeit und der Terminvereinbarungen war es bis zu diesem Zeitpunkt schon zwei Wochen her, seit ich zuerst den Chiropraktiker gesehen hatte. Es dauerte eine Weile, da wir in verschiedenen Staaten waren und so, und natürlich kannst du dich nicht gleich an einen normalen herkömmlichen Arzt wenden, den du nicht kennst, außer wenn es vielleicht ein Notfall ist. Jedenfalls schaute mein Arztfreund da rein und sagte, dass es für ihn Ok aussah – dass die ein achtel Inch lange Narbe sehr, sehr alt war, wie eine

Kindheitsnarbe, und dass da nichts Abnormales war. Also meines Erachtens war es in einem etwa zweiwöchigen Zeitraum nicht nur geheilt, sondern es war auch bis zu dem Punkt geheilt, wo es wie eine Kindheitsnarbe aussah anstatt einer frischen Narbe, die einen Monat alt war (nach was es aussehen hätte sollen), und er fand keine Spuren eines zusätzlichen Trommelfells. Das Gehör ist auf diesem Ohr seitdem allerdings weg. Alles klingt seltsam, und der Hörverlust ist vermutlich mindestens ca. 10 % unter normal.

F. Hat es dir irgendwelche Probleme bereitet?
A. Was?
F. Hat es dir irgendwelche Probleme bereitet?
A. Was?
F. Hat es dir irgendwelche Probleme bereitet?
A. Was? [Gelächter]

A. Na ja, nur das Hörproblem.

Illegale Aliens attackieren über Pearl Harbor

An diesem Punkt war ich der Auffassung, dass ich ein bisschen mehr darüber herausfinden sollte, was hier mit diesen verdammten Alien-Plagegeistern vor sich ging. Ich betrachtete es, hatte eine Meditation und bat um eine Antwort darauf – was hier vor sich ging. Denn nochmals, es hat nicht nur den freien Willen verletzt, sie machten dabei auch noch einen schmutzigen Job. Haben sie keine sterilen Instrumente verwendet und sich nicht über die Spätfolgen gesorgt? Nochmals, dies erinnerte irgendwie an Wissenschaftler, die denken, dass sie uns wirklich höhergestellt sind, die uns, was auch immer für einen Grund sie hatten, Dinge antun und Leute genauso behandeln, wie wir eine Kuh behandeln würden – und wir sollten jetzt nicht zur Viehverstümmelung abschweifen. Das ist eine ganz andere Sache. Die Antwort kam in einer Vision... es ist sehr schwer, dies zu beschreiben... es ist wie eine Erfahrung/Vision zur gleichen Zeit... Ich weiß nicht, wie ich es erklären soll, es gibt wirklich keine Möglichkeit, es Leuten zu erklären, die so was noch nicht gehabt haben. Aber es war ein völlig bewusstes Vorkommnis und diese ETs erklärten mir, was hier vor sich ging und warum sie das machten. Sie entschuldigten sich im Wesentlichen für das Nichtrespektieren unseres freien Willens, doch sie sagten, dass sie es trotzdem machten. Nochmals, dies war nur eine der Spezies, die für einige der Entführungen verantwortlich waren. Bei ihnen hatte es damit zu tun, dass sie eine sterbende Rasse waren und dass ihre Kinder, ihre Nachkommen starben, und sie benötigten menschliche Erforschung, menschliches Gewebe, Blut und andere Dinge, um ihre Kinder und ihre Rasse zu retten. Sie haben uns zwischendurch auch vor anderen Alienspezies beschützt, die sehr schlechte Absichten und Pläne für uns hatten. Dies wurde alles an Bord ihres Fluggeräts erklärt, das sich über Hawaii hinter Wolken versteckte. Ich wurde auch in den humanmedizinischen Bereichen "herumgeführt" – sie waren ziemlich einfach und steril, wie Kuh- oder

Hühnerställe ohne Trennwände. Während dies erklärt wurde, wurde das Schiff angegriffen, und es brach ein waschechter Kampf aus. Beide Fluggeräte waren hinter Wolken versteckt und die Aliens, bei denen ich war, konnten die anderen abwehren. Es war so in der Art wie... "Schau, dies sind die Jungs, vor denen wir euch beschützen".

F. Hattest du das Gefühl, als ob das absoluter Mist war, oder war es in etwa so?
A. Nein, es machte eine Menge Sinn für mich. Es war klärend in dem Sinne, dass ich mit der Idee, den freien Willen nicht zu respektieren, zwar noch immer nicht einverstanden war, aber nochmals, zumindest gab es irgendeine rationelle Erklärung dazu und in gewissem Sinne einen Grund. Zum Beispiel, was würde ein durchschnittlich selbstsüchtiges, menschliches, abgetrenntes Selbst tun, oder irgendein Tier tun, wenn das Leben ihrer Kinder gefährdet wäre? Und was wäre, wenn es die ganze Rasse einbezog, die gefährdet ist. Die meisten Regeln, nach denen zivilisierte Wesen leben, gehen dann über Bord. An einem bestimmten Punkt werden sie extreme Maßnahmen ergreifen, wenn sie die Fähigkeit dazu haben.

[Ältester] – Sie denken vermutlich, dass sie nicht wirklich jemandem wehtun.

A. Ja. Ah, ich erinnerte mich gerade, sie machten auch Transfusionen. Sie hatten dieses ganze Ding aufgebahrt, wo sie den Leuten Blut abgenommen haben, nicht sehr viel, aber sie nahmen ein bisschen Blut.

F. War der Kampf, der zwischen den beiden Raumschiffen stattfand, ein Teil von deiner Vision oder hat er tatsächlich auf der physischen Ebene stattgefunden?
A. Du fängst wieder an, Fragen über Ebenen zu stellen, die du wirklich nicht verstehst. *Fand tatsächlich auf der physischen Ebene statt...* "Fand tatsächlich statt" hat nichts zu tun mit der Frage, ob es auf der physischen Ebene war oder nicht. Die Vision war nicht... das ist das, was ich versucht habe zu erklären, es ist wie eine Mischung zwischen einer Vision und einer Erfahrung, und ich sagte, ich kann das nicht sehr gut erklären, es sei denn, du kennst so etwas oder hast es selbst erfahren, oder du bist an dem Punkt, wo du verstehst, wovon ich rede. Es war keine Vision im Sinne von, einen Traum zu haben oder Halluzinationen oder so was Ähnliches, es war eine *Erfahrung,* die in einer Vision war. Es war real, egal ob es auf der physischen Ebene war oder nicht, oder auf welche Weise ich es wahrnahm.

Das ist eine Trockene Hitze
(sagte ein Skelett zum anderen)
Die nächste Sache, wo ich denke, zu der ich wahrscheinlich hinspringen sollte, ist ein weiterer Aspekt, der mit den Dingen zusammenhängt. Etwas, das im nördlichen Arizona vor sich geht. Es geht wahrscheinlich an vielen Orten vor sich. Wiederum gibt es Verbindungen, ich denke, dass all die inner-

Irdischen Tunnel, oder ich sollte besser sagen, dass zumindest all diejenigen, die funktionsfähig und zugänglich und nutzbar sind, von einer Kombination aus Regierungs- und Alien-Kooperative, ich weiß nicht, wie du es nennen würdest, Allianz, betreten wurden und betreten werden. Wir hatten einige Dinge außerhalb des Landes zu erledigen und wollten in zwei Monaten abreisen. Ein Ehepaar, das wir kannten, lud uns ein zu kommen oder schlug uns vor, auf dieser Ranch, auf der sie lebten zu übernachten, die irgendwo im nördlichen Arizona war, ungefähr 20 Meilen, 30 Meilen von Sedona aus, inmitten von Nirgendwo. Sie lag abseits einer kleinen Hauptstraße, abseits von einer drei bis fünf Meilen langen, unbefestigten Straße. Sehr isoliert. NIRGENDWO Nachbarn. Wir nahmen also ihr Angebot an und zogen auf der Ranch in eine Hütte. Es gab dort mehrere Hütten und wir belegten zwei von ihnen. Die Frau, die mit ihrem Mann auf der Ranch lebte, hatte mir zuvor erzählt, dass sie da draußen seltsame Erlebnisse hatte. Jede Nacht sah sie irgendwelche Lichter auf ihren Vorhängen – von ihrem Schlafzimmer – als sei da ein ganzer Trupp von Pfadfindern mit Taschenlampen oder sowas, und sie leuchteten mit den Lampen einfach kreuz und quer an ihren Vorhängen herum. Eines Nachts stand dann tatsächlich ein Wesen dort in ihrem Schlafzimmer, und sie wachte auf. Sie versuchte ihren Mann aufzuwecken, schüttelte ihn und schrie ihn an, jedoch konnte sie ihn nicht dazu bringen, dass er zu Bewusstsein kam. Wir wussten also, dass hier seltsame Dinge geschehen waren, bevor wir hier hergingen.

Deshalb begannen wir natürlich, unsere eigenen Erfahrungen auf ähnliche Arten zu machen, als wir in den Hütten wohnten. Es war, als wären da draußen Leute, die mit Taschenlampen oder tragbaren Scheinwerfern auf die Vorhänge leuchteten – die Lichtpunkte bewegten sich überall herum wie ein Schneegestöber. Doch das war nicht das Einzige, was vor sich ging – etwas kam jede Nacht ins Haus. Sie warteten, bis wir uns zurückgezogen hatten und in die Schlafzimmer gegangen waren. Aber sie warteten nicht darauf, dass wir einschliefen. Wir waren also im Schlafzimmer, und begannen plötzlich Geräusche zu hören, die klangen als würde ein betrunkener Seemann im Wohnzimmer herumstolpern, gegen Dinge rennen, und alle möglichen Geräusche machen. Zuerst beschloss ich, nicht hinauszugehen, bis die Geräusche nachließen, für den Fall, dass es ein gefährlicher Eindringling war, ein Belialischer Meuchelmörder, ein ins Haus einbrechender Räuber oder eine örtliche Straßengang verrückter Rennmäuse oder Casper als unfreundlicher Geist. Ich blieb einfach im Schlafzimmer, lauschte den Krach und bereitete mich auf einen möglichen Angriff vor. Dann, nachdem es ruhig geworden war, trat ich heraus, niemand war da, und die Türen und Fenster waren alle von innen verschlossen. Am nächsten Tag stellten wir ein Infrarot-Alarmsystem auf. Das Gleiche geschah. Der Alarm wurde nicht ausgelöst und alles war von innen verschlossen. Ich besorgte eine Ultraschall-Alarmanlage, stellte die auf, doch sie ging auch nicht an. Dennoch kam irgendetwas jede Nacht ins Haus und machte all diese Geräusche. Ich stellte letztendlich eine Dritte auf, kann mich nicht daran erinnern, was für 'ne Art das war, vielleicht ein drahtgebundenes System mit magnetischen Unterbrechern oder so. Dasselbe. Irgendetwas kam ins Wohnzimmer und der Küchenbereich machte alle Arten von Lärm, es löste aber

KEINEN der Alarme aus. Eines Nachts lagen ein anderer Mönch und ich da und warteten auf sie - waren dafür bereit, dass die Lichter an den Fenstern und die Geräusche beginnen würden. Sobald es mit den Lichtern auf den Vorhängen losging, öffnete ich sie ganz schnell – wie bei einem Martial Arts Block – und schaute da raus. Da waren etwa 30 sehr kleine dunkle Körper draußen auf den Feldern. Dort war eine Koralle, und einige waren dort drin. Sobald ich die Vorhänge öffnete, schwirrten sie alle blitzschnell auseinander wie in einem Zeichentrickfilm oder so. Sie flitzten alle davon und versteckten sich *wirklich, wirklich schnell* hinter Pfosten und Telefonmasten und Bäumen und wo immer sie konnten. Tschheww! – Weg! Doch sie *haben* sich bewegt und ich konnte sie sehen, und ich konnte sie sehen, wie sie wirklich, wirklich schnell in Deckung gingen. Sie lösten sich nicht einfach in Luft auf. Dann kurz darauf, fingen im Wohnzimmer die Geräusche wieder an. Ich hatte es aufgegeben da rauszugehen, um zu sehen, was dort vor sich ging. Also lehnten wir uns auf dem Bett nur zurück und warteten darauf, dass es aufhörte. Die Tür zum Schlafzimmer war wie immer offen, und es war schwer, deine Augen von der Eingangstür wegzunehmen, wenn solche Geräusche nur wenige Meter davon entfernt weitergingen. Und dieses Mal zahlte sich das Bewachen der Eingangstür aus. Ein langer dürrer schwarzer Finger begann langsam, sich um den Türpfosten zu schleichen... sehr langsam. Er war genauso geformt wie die Finger von ET aus dem Film. Er war sehr lang und dünn mit Ausnahme, dass er schwarz war – nicht Grau. An diesem Punkt griff ich nach einer Schusswaffe. Wir hatten genug von diesen Spielchen und von dieser ungebetenen invasionären Hausbelästigung. Aber sobald ich sie ergriff, zog sich der Finger sehr schnell zurück. Also warum würde etwas das durch verschlossene Türen und Wände und Fenster gehen kann, vor einer Kugel Angst haben, ich weiß es nicht. Doch es schien gewiss so zu sein. Beim ersten Gedanken machte es nicht viel Sinn. Aber vielleicht gibt es Zeiteinschränkungen dafür... diesen zeitdimensionalen Aspekt, von dem wir vorher sprachen. Vielleicht braucht es Zeit oder Vorbereitung, um durch eine Wand oder durch ein Fenster zu gehen, die es bei einem Geschoss nicht hat. Es dauert vielleicht eine Zeit, oder sie müssen sich Zeit nehmen, um sich zu konzentrieren und um sich mit einer bestimmten Geschwindigkeit da durchzubewegen, ich weiß es nicht. Oder es kann mit der Geschwindigkeit von einem Geschoss nicht umgehen. Ich konnte sehen, als sei das theoretisch möglich, aber es reagierte durchaus auf die Bedrohung erschossen zu werden.

Einige Leute könnten jetzt sagen "Hey, vielleicht wollte es ja bloß mir dir kommunizieren". Na ja, dazu sage ich, dass sonst nichts, was geschah und Nacht für Nacht geschehen war, in ein solches Szenario gepasst hat. Und es fühlte sich nicht sicher an, es fühlte sich nicht gut an. Die Alarmierungen meiner inneren Stimme waren schon die ganze Zeit losgegangen, und ich lernte vor langer Zeit, dass meine innere Stimme niemals versagt.

F. Es scheint so, als wollen sie um keinen Preis gesehen werden.
A. Jaah, genau. Außer wenn sie *wollen,* dass du sie siehst. Oder wo es eine Abnormität im Bewusstsein gibt, z. B. wenn jemand nicht völlig bewusstlos ist. Nochmals, wenn du über unterschiedliche Spezies sprichst, unterschiedliche

Spezies haben unterschiedliche Techniken, um das zu tun. Bei vielen Entführungserlebnissen, von denen du hörst, gibt es Paralyse {eine vollständige Lähmung mehrerer Körperregionen}, sie sind aber die ganze Zeit voll bei Bewusstsein. Ich hatte noch keine Erfahrungen wie diese. Ich hatte psychische Angriffe wie diese, aber nicht im Zusammenhang mit dem speziellen Alien-Phänomen, das ich hatte.

F. Haben sie nicht etwas, womit sie deine Erinnerung löschen können?
A. *Ich denke nicht Erinnerung löschen, sondern Blockaden einbauen.*
F. *Du kannst also paralysiert gewesen sein und bei Bewusstsein und hattest dieses Ereignis, aber du erinnerst dich nicht daran?*
A. Ja, nur warum würden so viele andere Leute das haben? Mein Meditationstraining und meine persönlichen Veränderungen gaben mir die Möglichkeit, um zumindest persönlich auf mein Unterbewusstsein zuzugreifen. Ich hab da nichts drin, das blockiert ist oder dergleichen. Es wird auf andere Weise gemacht, die das nicht beinhaltet.

Eine andere Sache, die auf der Ranch geschah, war, dass wann immer du dich auf ein Bett gelegt hast und deinen Kopf auf eine Matte oder ein Kissen legtest, hörtest du unterirdische Maschinerie. Und nochmals, dies ist mitten im Nirgendwo, mitten im Nirgendwo mitten im Nirgendwo mitten im Nirgendwo, ungefähr so isoliert, wie es in Arizona für dich nur irgendwie geht. Da waren die Klänge von einem Industriekomplex, von einer riesigen Fabrik oder so was in der Art, die sich unterhalb des Bodens zutrugen. Schwerer, tiefer metallischer Baulärm und maschinerieartige Geräusche.

Sandfallen

Es gab auch andere seltsame Dinge, die in der Gegend von Nord-Arizona vor sich gingen. Wir machten zu der Zeit häufig Ausflüge nach Phoenix und fuhren manchmal auf unbefestigten Wüstenstraßen und Abkürzungen, die wir kannten. Eines Tages fingen wir an, hier und da einen "Kreis" zu bemerken, der in die Wüste geritzt war. Sie waren nicht wirklich wie "Kornkreise". Darüber hinaus gab es dort außer Büschen keine Kulturpflanzen oder Vegetation, sie hatten nicht die modischen geometrischen Muster, mit denen die Kornkreise bekannt geworden sind. {A.d.Ü.: Es gibt zweierlei Arten von Kornkreisen. Jene besonders großen und fein strukturierten, bei denen die Halme auch nicht gebrochen, sondern auf unerklärliche Weise gebogen sind (von Augenzeugen wird behauptet, es seien 'fliegende Lichtbälle/Leuchtobjekte', die diese Kunstwerke innerhalb weniger Sekunden erschaffen), und es gibt die von Menschen nachgeäfften. Unterscheiden kann man sie meistens auch an der absoluten Perfektion ihrer Ausführung.} Sie waren lauter perfekte Kreise, Eindrücke im Sand mit einem kleinen, wenige Zoll hohen Erdwall um sie herum {1 inch/Zoll = 2,54 cm} – und völlig frei von Wüstenvegetation oder Steinen. Sie waren wirklich, wirklich perfekt... perfekt rund, doch es war nur Erde. Jedoch die Erde, die innerhalb von ihnen war, die war so geglättet, wenn es Eis gewesen wäre, wär es eine perfekte Eislaufbahn gewesen. Und da waren keine Markierungen, die zu ihnen hinführten – keinerlei Bulldozerspuren oder Spuren von schwerer Gerätschaft. Manchmal waren diese Kreise für eine Woche an derselben Stelle, und manchmal weniger als einen Tag. Zum Beispiel kamen wir aus Phoenix zurück und er war nicht mehr da, oder er verblieb da für eine

Woche oder zwei Wochen, dann war er weg und es gab einen neuen irgendwo anders, oder mehrere von ihnen irgendwo anders. Einmal dann auf dem Weg nach Phoenix beschlossen wir, dass einer nahe genug an der Straße war, um ihn etwas näher zu untersuchen. Dieser war abseits einer asphaltierten Straße, allerdings einer sehr wenig genutzten asphaltierten Straße. Wir hatten einen Geländewagen, und auch die Zeit, also fuhren wir in die Wüste hinaus, um einen näheren Blick darauf zu werfen. Als wir uns näherten, ging der Radarwarner an und spielte nur noch verrückt. Er machte Geräusche, die ich von dem Ding noch nie zuvor gehört hatte und nie wieder gehört habe. Er gab je nachdem welches Radarband er auffing, einen unterschiedlichen Ton ab, nur dass er zuvor alle von ihnen aufgefangen hatte, und nochmals, er hatte noch nie solche radikalen Töne gemacht – er flippte einfach total aus und klang, als würde jemand einen Papagei erwürgen oder so und es über einen Lautsprecher ausgeben. Deshalb fuhren wir nur einmal um ihn herum und beschlossen aufgrund von dem, was der Radarwarner tat, uns umgehend zu verziehen. Das war, als wir feststellten, dass keine Spuren vorhanden waren, die zu ihm hinführten. Unser Fahrzeug hinterließ Spuren, gar nicht zu reden von der Art von Baumaschinen, die erforderlich gewesen wäre, um etwas wie diesen Kreis zu machen. Wir kamen wieder zurück auf die asphaltierte Straße und bogen auf diese ein. Das fand alles innerhalb von vielleicht einer Minute statt. Wir begannen wieder in Richtung Freeway zu fahren, um nach Phoenix zu kommen. Plötzlich kam dieser Polizeiwagen auf dieser Straße über den Hügel dahergerast, mit Höchstgeschwindigkeit, und er fuhr mit eingeschalteten Blaulichtern und Sirene. Er bewegte sich wirklich schnell und fuhr wie der Blitz an uns vorbei. Sobald er an uns vorbei war, schaltete er seine Lichter und Sirenen aus und verringerte seine Geschwindigkeit auf normal. Also mutmaßten wir daraus, dass es da irgendeine Art von Alarmsystem gab, irgendeine Art von System um diesen Kreis herum, das irgendwie zu diesem lokalen Sheriff angebunden war oder wer auch immer es war, der über den Hügel fetzte. Sobald er sah, dass wir nicht mehr bei dem Kreis waren, verringerten sie einfach ihre Geschwindigkeit und schalteten ihre Blaulichter aus. Sie drehten allerdings nicht um oder folgten uns. Doch dann, etwa 10 Minuten später, kamen wir auf den Freeway (I-17), und der Radarwarner fing an, das Gleiche zu machen. Es dauerte vielleicht 10 Minuten. Wir waren immer noch ziemlich weit draußen dort in der Wüste. Und der Radarwarner machte niemals niemals niemals wieder diese Geräusche.

Klopf Klopf

Wir hatten auch ein "Men in Black" Vorkommnis auf dem Zufahrtsweg zu dieser Ranch, auf der wir uns aufhielten, doch das ist eine ganz andere Geschichte und ich denke nicht, dass wir darauf eingehen werden. Doch dies war lange bevor ich überhaupt etwas über die Men in Black {Männer in Schwarz} gehört hatte oder bevor es meines Wissens dort irgendeine Information darüber in den Medien oder bei den UFO-Leuten gab. Ich bin mir allerdings sicher, dass einige begierige UFOlogen darüber bescheid wussten, wir waren nicht wirklich mit dieser Szene verbunden, daher hätte es uns leicht entgehen können – zumindest aber, war es nicht auf so einem öffentlichen Niveau, wie es jetzt ist.

Wir haben in Sedona jemanden kennengelernt, der dort einen Laden betrieb, der einige Fotos von UFOs und anderen Dingen an seiner Wand hatte, die ziemlich bizarr waren. Wir fragten danach, und er sagte, er sei ein hochrangiger Regierungsbeamter in der Eisenhower-Administration gewesen, und es habe nach dem Roswell-Zwischenfall einen Deal gegeben oder so, zwischen der Regierung und Außerirdischen. Was es mit dem Deal auf sich hat, außer um Technologie zu bekommen, weiß ich nicht. Aber er erzählte uns von einer (gelinde gesagt) interessanten Stelle im Wald, etwa 5 Meilen außerhalb von Sedona. Es war ein weiterer Zugangspunkt. Wir wollten ohnehin eine Naturkundewanderung machen, also fuhren wir dort raus, um gleichzeitig einen nahen Blick darauf zu werfen. Wir gingen dort entlang und bemerkten all die "von Menschenhand geschaffenen" Felsarten und deren Geologie, die in der Gegend von Sedona so häufig vorkommt (Sedona bedeutet alte Ruinen, es war einmal eine Küstenstadt während der interkulturellen Zeiten von Atlantis und den anderen Rassen. Es war auch ein Ferienort. Dort gab es früher mal alle Arten von Denkmälern und Tempeln, so was wie Sphinxen und Echsendenkmäler – alle Arten von unterschiedlich geformten Denkmälern gab es in der Gegend dort). Dieser eine Bereich, zu dem wir gingen, bestand also offensichtlich aus Ruinen. Die Felsen waren nicht nur Felsen, sie waren Bestandteil von riesigen Gebäuden, die einst zusammengesetzt wurden. Du konntest sehen, wo Dinge sorgfältig geschliffen und gemeinsam platziert wurden. Wir gingen dort also entlang, und plötzlich war da ein großes Loch, genau da wo er gesagt hatte, es würde dort sein. Ich werde gleich darauf zurückkommen, zunächst aber lasst mich erwähnen, dass wir seitdem schon mehrmals dort waren, und dies ist eine der Stellen, wo Leute "klopfende Geräusche" gehört haben, die von unterhalb der Felsplatten kamen, auf denen wir gingen, während wir die Geschichten von den Lemuriern erzählten und von den Prophezeiungen über ihre genetischen Nachkommen, die aus den inner-Irdischen Tunneln ausbrechen und die menschliche Rasse angreifen. Dies war das erste Mal. Während wir darüber sprachen, fing das Klopfen unterhalb der Felsen an – haltet davon, was ihr wollt. Aber sei's drum, zurück zu dem großen Loch. Es war kreisförmig und tief, und im Wesentlichen von einem Kreis aus Steilwänden umgeben. Es war etwa 15 m tief, und es würde Bergsteiger-ausrüstung erfordern, um da runterzukommen. In der Mitte davon da war ein, wie würdest du das nennen... ein großes Rohr, wie ein Kanalisationsrohr, (geistreiche Bemerkung: jemand sagte unterirdischer Kanal) jaah wie ein unterirdischer Kanal, aber er verlief nicht horizontal, wie du normalerweise einen unterirdischen Kanal ausführen würdest, sondern es war vertikal, es steckte unten im Boden und ging am unteren Ende von diesem Loch in die Erde. Ein kleines Stück davon stand hervor – vielleicht 30 cm, und jemand hatte offensichtlich versucht, es mit einer großen Platte von diesem roten Fels abzudecken. Aber der Fels war teilweise beiseitegeschoben, deshalb konntest du den unterirdischen Kanal sehen, und eine Leiter. Wir warfen da einige Steine runter, und die Steine klimperten immer weiter klick klick klick klick klick klick klick, es war SEHR tief, oder war, was die meisten Leute ein Fass ohne Boden nennen würden. Wir konnten kein Ende hören, zu dem die Steine runterfielen. Also offenbar in Kombination mit dem Klopfen und unserer

Konversation, konnte jemand unsere Konversation hören oder sie psychisch wahrnehmen und hatte seinen Spaß mit uns, indem er versuchte, uns fortzuscheuchen, oder uns das wissen ließ "Ja, wir sind tatsächlich hier und wir werden irgendwann rauskommen." Jemand anders hatte sich Zugang verschafft und dieser unterirdische Kanal deutete irgendwie auf menschlichen Zugang hin. Es war ein Standardkanalrohrtyp und es hätte menschlichen Zugang und eine Ausrüstung erfordert, die gut genug war, um das wirklich tief unterirdisch in praktisch massivem Fels zu treiben. Auch die Art, wie dieses Loch war, du müsstest verrückt sein, um zu versuchen dort hineinzugehen, weil es in sich zusammenfiel, es war in gewisser Weise wie ein Senkloch und die Steilwände davon waren am Einstürzen und du würdest den Tod riskieren, um zu versuchen dort an Seilen runterzukommen. Das und einige andere Vorkommnisse zeigen auf, dass es einige wichtige unterirdische Projekte gibt, die im gesamten nördlichen Arizona vor sich gehen – da gibt es eine ganze Menge, was dort im Untergrund und vielleicht anderswo im Staate vor sich geht. Und dann hattet ihr natürlich jene Massensichtungen in Phoenix, was war das- vor ein paar Jahren... ist das schon so lange her? {Anm. d. Übers.: siehe die "Phoenix Lights" 13. März 1997} Da gab es massive Sichtungen in Arizona, sodass sie schließlich nur sagten, es wären Leuchtgeschosse, doch ihr wisst, dass es eines von diesen Dingern war, wie in Roswell – ein Wetterballon? Es hieß immer wieder, "Wetterballon oder nicht, was ist mit den Körpern?" Und schließlich sagten sie "Oh, das waren Crashtest-Dummys." {A.d.Ü.: Das war in einem zweiten Bericht 1997.} Ich schätze, das war, bevor die Crashtest-Dummys berühmt wurden und befördert wurden, um als Passagiere in Minivans zu fungieren, die man gegen Wände gecrasht hat. Davor setzten sie sie in Wetterballons ein, um zu sehen was passieren würde, wenn Leute aus einem Wetterballon fallen. Sicher, das leuchtet ein. Nicht wahr.

Bedarf für ein "Achtung UFOs Kreuzen"-Schild

Um mit Arizona nun abzuschließen, ich denke, da gibt es noch eine Geschichte, um darüber zu reden. Dies war auf einer nahezu unbefahrenen Straße in der Wüste, nördlich der I-10. Es war gewissermaßen eine alternative Route zwischen Kalifornien und Arizona. Es war nachts, es war noch nicht so spät, aber wir fuhren diese Straße entlang und... dieses UFO kam einfach aus dem Nichts, bzzzzziiiippppp direkt über uns hinweg, schnitt uns direkt von vorne, als wir auf dieser Straße fuhren und flog direkt auf Phoenix zu. Wir drehten uns um und schauten zurück, aber ziemlich genau zu dem Zeitpunkt, als wir uns umdrehten und zurückschauten, war es bereits über Phoenix und wahrscheinlich direkt daran vorbei, und überhaupt niemand sah es. Wir wissen wirklich nicht, wie nah es an uns war, wegen des Blickwinkels – es würde von der Größe des Fluggeräts abhängen. Aber es kam uns wirklich nahe vor, es kam uns vor, als wenn jemand ein Modellflugzeug ein paar Meter entfernt von unserer Windschutzscheibe geflogen hätte. Dann innerhalb von vielleicht 10 Sekunden oder so waren da etwa ein Dutzend Kampfjets, die direkt hinter ihm her waren. Ich schätze, es waren F16 oder F15's (was auch immer die Doppeltriebwerke hat) und sie flogen bei der Verfolgung dieses Dings ungefähr 20

Fuß {ca. 6 m} über dem Wüstenboden. Sie flogen direkt über uns hinweg. Es schien, als wären sie so schnell unterwegs wie sie konnten, dennoch waren sie weeiiitttt zurückgefallen.

Wiley Coyote

Bevor ich es vergesse, es gab in Kalifornien ein niedliches Vorkommnis, das aber nicht damit in Zusammenhang stand, wieder nördlich der I-10 draußen in der Wüste. Ich denke, es heißt Joshua Tree Nationalforst oder Nationalpark. Es war tagsüber, und da war ein helles UFO, das da entlang schlenderte und den Himmel vor unserem Auto überquerte – allerdings scheinbar weit weg in der Ferne und scheinbar ziemlich hoch. Dann lief plötzlich ein einsamer Kojote aus der Wüste heraus und auf die Straße. Er stand einfach auf der Straße auf unserer Fahrbahn, und blickte uns an. Wir bremsten für ihn und hielten an. Er ist nicht einmal zurückgewichen. Aber er sah verwirrt aus. Es schien so und fühlte sich an, als ob er Verbindung aufnehmen wollte. Er wollte eine Beziehung zu uns aufbauen. Aber er wusste nicht, warum. Er behielt ein wechselndes Mienenspiel bei, von dem eines Haustiers, das anhänglich sein und gestreichelt werden wollte, bis zu dem eines Kojoten, der sich denkt "Was zum Kuckuck mach ich da bloß!". Dann lief er rüber zur Beifahrerseite, nahm jeden unter die Lupe, dann zur Fahrerseite, wo er eine ganze Weile blieb, und seine Sache, die er tat durchzog. Dann bemerkte er ein Auto, das weit in der Ferne hinter uns näher kam, und haute ab zurück in die Wüste, von wo er herkam.

Mexiko & Wirklich Illegale Aliens

Ich schätze, wir könnten jetzt mit den Mexiko-Vorkommnissen weitermachen. Mexiko weist neuerdings, wie ich hörte, viel mehr UFO-Vorkommnisse auf als die meisten Orte. Die Leute sehen sie sogar in Mexiko-Stadt. Zu dieser Zeit befanden wir uns auf einer Yacht vor der karibischen Küste am südlichen Ende von Mexiko. Wir hatten, nennen wir es mal so, eine Menge "Besucher" auf der Yacht. Es kommt einem aus irgendeinem Grund sogar noch seltsamer vor, die nächtlichen Besucher zu haben, wenn du auf einer Yacht bist – ihr wisst schon, der Anblick von kleinen ETs die draußen inmitten des Ozeans den Flur hinunter in deine Kabine kommen? Irgendwann allerdings kehrten wir zurück an Land und mieteten eine Bleibe an der Küste bei Cancún. Sie hatte zugleich einen Schrägblick auf das Meer und auf die Küste der Stadt. Eines Tages sah ich raus... das war mitten am Tag... und da war dieses riesige zigarrenförmige Fluggerät einfach draußen sitzend genau vor der Küste von Cancún. Aber niemand sonst, mit dem wir darüber sprachen, sah es. Ich konnte es nicht glauben, dass da nichts in den Zeitungen darüber stand, da schien niemand darüber zu reden oder nirgendwo ein Anzeichen zu sein, dass es je hier war. Es war nur für ca. 5 Minuten da, aber trotzdem, die Population ist so groß und die meisten Leute sind auf den Strand und auf das Wasser dort fokussiert, sodass es schien, als ob eine Menge Leute es gesehen haben sollten. Ich schätze also es hatte irgendeine Art selektive Tarnfähigkeit, oder ich war von der Rolle. Das war übrigens Jahre nach den Florida-Vorkommnissen.

Macht ein Bär _____ im Wald?

Apropos Florida, es gibt da eine Sache, die ich wahrscheinlich über Gulf Breeze, Florida, sagen sollte, denn das ist bei UfOlogen sehr populär. {Anm. d. Übers.: Gulf Breeze ist eine Stadt in Florida} Du kannst so gut wie jede Nacht dort hingehen und Dinge sehen. Doch da gibt es, ich denke, drei Militärbasen, die eine riesige Menge Land dort herum einnehmen, und ich denke viel, vermutlich das meiste von dem, was vor sich geht, sofern es die Gulf Breeze Sichtungen betrifft, ist das Erproben von neuen Fluggeräten, von Regierungsfluggeräten, Versuchsfluggeräten, vielleicht Hybridfluggeräten.

Eines Tages fuhren wir in diese Gegend, und jemand musste sich in die Wälder zurückziehen für einen "macht ein Bär ---- im Wald"-Halt. Wir waren auf einer der kleinen Nebenstraßen in diesem Gebiet, und es war kein Gebiet, das Bestandteil von einem der Stützpunkte war. Also scherten wir auf einen kleinen Feldweg aus. Und obwohl es keiner von den Stützpunkten war, musste da irgendetwas vorgegangen sein. Denn kurz nachdem wir von der Straße abfuhren, stießen wir schon bald auf militärische Wachen, die bei ihrer Pflicht sehr entschlossen waren. Sie standen stramm da und waren sehr sachlich in ihrer Andeutung, dass wir schleunigst umdrehen und abhauen sollten. Keine Erklärungen – gar nichts. Nur, schert euch weg. Ich habe etliche Geschichten von verschiedenen Leuten gehört, die auf diesen kleinen Straßen in diesem Gebiet und in ein paar anderen abgelegenen Gebieten Floridas gefahren sind, bei denen es zu direkten Vorfällen mit UFO's kam – manche endeten mit Strahlungsverbrennungen.

UFO's Lieben den Unabhängigkeitstag

Vierter Juli 1999. Dies war im nördlichen New Mexico und ich hatte mit vielen anderen Mönchen und Freunden ein Zusammentreffen. Sie wollten eigentlich ganz weit draußen ein großes Feuerwerk in einem sehr abgelegenen Gebiet machen, wo es legal war. Wir fuhren viele Meilen abseits der Straße auf einem Jeep-Pfad. Nachdem es dunkel wurde, schossen sie die Feuerwerksraketen ab. Plötzlich, nach dem großen Finale, bemerkte jemand in der Ferne ein UFO. Dann waren da plötzlich Dutzende von ihnen, die aufblinkten – es war fast so, als würden sie eine Lichtshow für uns machen als Antwort auf das Feuerwerk, das wir für sie gemacht hatten. Da waren vielleicht 50 oder so, und sie waren alle zu unterschiedlichen Zeiten am Blinken – es ähnelte eher einem UFO-Feuerwerk. Sie waren sehr hell, waren aber anscheinend weit draußen mitten im Nirgendwo, noch viel weiter, als wir es waren. Es gab nichts anderes da draußen, keine Städte, nichts.

[Mönch]: Wenn ich mich recht erinnere, gab es einige auf jeder Seite. In diese Richtung gab es einige [hinauszeigend] und in diese Richtung gab es einige.
[Mönchsältester]: Sie blieben einfach in der Nähe. Sie machten nicht das übliche "Erscheinen und dann Verschwinden". Sie waren dort eine Zeit lang. Dies dauerte etwa eine halbe Stunde bis 45 Minuten. Denkst du, dass das Lichtwesen waren? Diese Art von UFO's?

A: Ja. Da war auch ein Gefühl der Verbundenheit. Es war, als würden sie sagen, "Hallo, wir genossen euer Feuerwerk und hier ist etwas für euch." Es war schön.

F. Möchtest du über die Men in Black sprechen.
A. Nicht wirklich, aber wenn es sein muss, um das Buch zu füllen oder so, werden wir das tun. Ansonsten denke ich, lassen wir die in Ruhe.

Unsere Anderen Bücher & Produkte

**(siehe weiter unten oder schau auf unsere Webseite
www.atlantis.to [nicht ".com"]):**

1) Atlantische Vibrationsklänge CD's & Compact Cassetten
2) Bücher {EN/DE} – Mehr von der UFO/Alien Serie; "Die Kinder von dem Gesetz des Einem & die Verlorenen Lehren von Atlantis"; Die Serie "Spirituelle Sexualität"; "Das Goldene Regel Übungsbuch".
3) Glasfaser-Lampen im "UFO" Design.

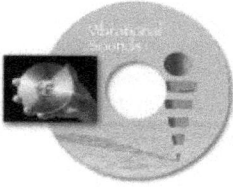

Jon Peniel's Klang-Therapie

Die Vibrationsklangaufnahmen mit Affirmationen für das Unterbewusstsein

(Auch bekannt als die Atlantischen Vibrationsklänge)
(verfügbar auf CD oder Compact Cassette)

Erzeugen augenblicklich tiefe Gehirnwellen, um dir zu helfen bei: Fernwahrnehmung/AKE (außerkörperlichen Erfahrungen) {OOBE - Out-of-Body-Experiences}; beim Verändern von Gewohnheiten; bei Schlaflosigkeit; beim Gewicht abnehmen; bei emotionaler Heilung; beim Verbessern von Beziehungen/sexuellen Beziehungen, bei spiritueller Entwicklung etc.

Augenblicklich Tiefe Entspannung,
Meditation und Affirmationen

Setz einfach die Kopfhörer auf, entspann dich & genieße, während du die Vorteile erntest! Es beschleunigt den Prozess des persönlichen Wachstums, auch wenn du Meditationen ausübst.

Jon Peniel erstellte diese Aufnahmen mit sicheren, wissenschaftlichen, antiken und modernsten Techniken. Diese erstaunlichen CD's/Compact Cassetten {inzwischen MP3s} sind die effektivste Einzelmaßnahme, um schnell unterbewusste Programmierungsveränderungen zu erreichen, tiefe Entspannung und um tiefe meditative Zustände zu erleben. Sie kombinieren erwiesene Techniken von Vibrationsklangtechnologie, Guided Imagery, Brainwave Entrainment {Abstimmung der Gehirnwellen}, von Selbst-Hypnose, progressiver Entspannung, Visualisierung *und* von Affirmationen, um das kraftvollste jemals bekannte Werkzeug zum Verbessern deines Lebens zu erschaffen (sie sind NICHT unterschwellig!). Diese Aufnahmen wurden sogar von Ärzten und Psychiatern verwendet und sind sehr spezielle Werkzeuge, die dir *augenblicklich* die Vorteile jahrelanger Meditationspraxis bieten – und mehr – *ganz ohne* Anstrengung oder Ausbildung. Selbst für fortgeschrittene Meditierende und Initiierte können die Vibrationsklänge vorteilhaft sein. Jon verwendet selbst eine kundenspezifische

Version und sagt, "Abgesehen von der Hilfe für meine Gesundheit erlauben sie mir, das Äquivalent von 3 Stunden Erholung in nur einer halben Stunde zu bekommen. Zeit ist für mich von unschätzbarem Wert und das Einzige mit Ausnahme von Liebe, das man nicht mit Geld kaufen kann."

Die speziellen Hintergrund-"Vibrationsklänge" auf den Aufnahmen sind *keine Musik* und sind nicht als musikartiger Genuss gedacht. Sie sind wissenschaftlich generierte Klänge, die sanft dein Gehirn dazu anregen, um Alpha- und Theta Gehirnströme zu erzeugen (wissenschaftliche Details findest du auf unserer Website – www.atlantis.to [nicht ".com"]). Diese natürlichen Gehirnströme treten immer in Entspannungsphasen, in Zeiten von erhöhtem Bewusstsein, Kreativität und tiefer Meditation auf. Wenn du in diesen erweiterten Zuständen bist, finden die "Samen", die du in dein Unterbewusstsein mit Affirmationen, Zielen und Idealen pflanzt, mehr "fruchtbaren Boden". So können deine positiven "Samen" des Denkens wirksamer halt fassen, haben tiefe Wurzeln und wachsen stark und gesund. Es hilft auf sehr wirksame Weise, damit du deine Gewohnheiten veränderst, Tugenden aufbaust und positive Programmierung erzeugst, die dir hilft, kraftvolle Veränderungen in deinem Leben vorzunehmen. Den Klängen ist eine beruhigende weibliche Stimme beigemischt, die deine Reise in eine tiefe Entspannung hineinführt, indem sie dich auf eine imaginäre Zugfahrt mitnimmt und dir dann spezifische Affirmationen gibt, die dir helfen, die verschiedenen unten aufgeführten Ziele zu erreichen.

Das Erstellen *ordnungsgemäßer* Affirmationen ist außerdem eine Fähigkeit, die Geschick und ordnungsgemäßes Lernen erfordert. Zum Beispiel, wenn du abnehmen willst, kannst du nicht einfach sagen "Ich werde abnehmen", wegen mehrerer Gründe: 1) Es ist eine "negative" Formulierung für das Unbewusstsein und verstärkt eigentlich, dass du übergewichtig bist, was dazu beiträgt, den Zyklus fortzusetzen; 2) Es findet in der Zukunft statt, "Ich werde ...", deshalb reagiert das Unterbewusstsein nicht darauf; 3) Wenn du sagst "Ich nehme ab", ohne es näher zu bestimmen, könntest du zu viel Gewicht verlieren, bis zu einem ungesunden Niveau. Beispiele für korrekte Affirmationen, um Gewichtsabnahme zu erreichen, sind "Ich konsumiere nur Lebensmittel & Getränke in ordnungsgemäßen Mengen zur Gesundheit meines Körpers", und "Ich habe nur den Wunsch, Dinge zu mir zu nehmen, die gesund sind" etc. Weil Affirmationen so von Bedeutung sind, wurden all die Affirmationen auf unseren Aufnahmen von Mönchsältesten erstellt und von Jon überprüft.

Neben den antiken Technologien, die die Grundlage für diese Aufnahmen bildeten, sind Jahre der Forschung und Entwicklung in einem Farb/Klang-Laboratorium, allein auf die Erstellung der Vibrationsklänge entfallen. Es gab armselige Versuche, diese Forschung "abzukupfern" und um die Urheberrechte zu umgehen, erstellte man "mangelhafte" Abwandlungen von den Klängen, die bei irgendwo zwischen *$80 und Hunderten von Dollars verkauft wurden, allein für die stümperhaften Versuche, die Klangtechnologie zu kopieren*. Du kannst die originalen "echten" Vibrationsklänge nur von uns bekommen, und natürlich haben sie all die anderen Techniken (einschließlich Affirmationen, Induktionen,

Guided Imagery und Visualisierungen), die dies zum kraftvollsten Werkzeug seiner Art auf der Welt machen. {Unter Guided Imagery versteht man: geführte Bildsprache; imaginative Psychotherapie} Und obwohl sie jeweils eine individuelle Anfertigung sind, kosten all unsere Vibrationsklang CD's, oder Compact Cassetten {bzw. jetzt MP3s}, jeweils nur $29.95. Bestell mehrere auf ein Mal und spare Versandkosten. Verfügbar auf Compact Cassette {bzw. jetzt MP3} oder CD (CD reproduziert die Klänge präziser). Es erfordert einen Stereo-CD oder Kassetten-Abspieler {MP3-Player} mit Kopfhöreranschluss und Stereo-Kopfhörer.

Neu! – Intuitionsentwicklung (frag danach)
Vol. 1 - mit Affirmationen zur Spirituellen Entwicklung
Vol. 2 - mit Heilungsaffirmationen
Vol. 3 - Affirmationen zum Entwickeln Gesunder Gewohnheiten (und folglich das Zerschlagen von schlechten)
Vol. 4 - Affirmationen für die Manneskraft
Vol. 5 - Stressmanagement Affirmationen (ein tolles Geschenk für fast jeden!)
Vol. 6 - Nur die Klänge. Keine Affirmationen. Perfekt, um Fernwahrnehmung/Astralreisen zu unterstützen.
Vol. 7 - Antike Chinesische Heilungsaffirmationen
Vol. 8 - Affirmationen zur Gewichtsabnahme
Vol. 9 - Emotionale Heilung - (knüpft an viele Dinge an wie z. B. Essstörungen, Rauchen, sexuelle Störungen, emotionaler oder sexueller Kindesmissbrauch in der Vorgeschichte, Selbstwertgefühl, Drogenmissbrauch, Co-Abhängigkeit etc. – fast jeder braucht das.)

Vibrationsklänge für Paare

Vol. 10 - "Rainbow Bridge" {Regenbogenbrücke} – Erzeuge eine "Chakraverbindung" miteinander.
Vol. 11 - Entwicklung einer psychischen Bindung mit deinem Partner.
Vol. 12 (a) & (b) - Die Traditionellen Atlantischen Spirituellen Tantrischen Sexualitätsvisualisierungen für den Geschlechtsverkehr (Primäre Ausbildungsstufe). (lies zuerst Jon's Bücher "Sex & der Spirituelle Kerl (oder Frau)", und "Aktives Zölibat").
Vol. 12a - mit Vibrationsklängen im Hintergrund.
Vol. 12b - mit klassischer Musik im Hintergrund (Jon's Interpretation von Bolero).

Neu – Musik-Therapie /Meditationsmusik mit subtil im Hintergrund gemischten Vibrationsklängen

Vol. 13 - Kristall Gong Chakra Meditation
Vol. 14 - Kristall Gong Mönch's Meditation
Vol. 15 - Didgeridoo Mönch's Meditation
Vol. 16 - Didgeridoo & Kristall Gong Mönch's Meditation
Vol. 17 - Transformation
Vol. 18 - Erlesene Klassik

{Anmerkung des Übersetzers: Diese Artikel sind derzeit nur englischsprachig erhältlich}

Hinweis: Vibrationsklangaufzeichnungen sollen nicht beim Betrieb von Kraftfahrzeugen oder gefährlichen Geräten verwendet werden.

FDA Haftungsausschluss: Diese Angaben wurden nicht von der FDA bewertet. Dieses Produkt ist nicht zum Diagnostizieren, Behandeln, Kurieren oder Verhindern einer Krankheit oder eines Leidens bestimmt. Wenn du ein Gesundheitsproblem oder ein Leiden hast, konsultiere einen Arzt. {A.d.Ü.: FDA ist die US Food and Drug Administration}

UFO Glasfaser-Lampe

Faseroptische Stränge an der Oberseite drehen sich langsam und wechseln die Farbe, während die kleinen "ufo"-farbenen Lichter um den Sockel herum ab und zu blinken. Diese wunderschöne, ihre Farbe verändernde Lampe ist angenehm als sanfte Meditationsbeleuchtung, zum Erzeugen einer gemütlichen, mystischen oder romantischen Atmosphäre oder auch als "kosmisches Nachtlicht". Sie ist gut 30 cm hoch. Und ist überall im Universum im Einsatz, um zu helfen, die außerirdischen Entführer zu verscheuchen (ob du es glaubst oder nicht, wir haben E-Mails empfangen, in denen gefragt wurde, ob wir beim letzten Satz lügen oder ob es wahr ist, also für jene, die an einem H.S.S. leiden [Humor-Schwäche-Syndrom] setzt die FDA [Funny Diseases Association] {auf Dt. in etwa: Vereinigung für Spaßkrankheiten} voraus, dass wir dich informieren – es ist ein Scherz). (Eigentlich haben wir von manchen Leuten gehört, dass Aliens tatsächlich diese Lampen lieben, und dass, wenn du gut verhandelst, dass du sie dazu bringen kannst, das Doppelte des Verkaufspreises zu zahlen!) $19.95, #LAMPUFO.

Bestellungen: Windsor-Hill Inc.,
Telefon: 1-800-845-7991
Web – www.atlantis.to [not ".com"]
Email – kind@atlantis.to

Anmerkung des Übersetzers

Als Randbemerkung: Am 9. Mai 2001 traten 21 Ex-Mitarbeiter von CIA, Militärgeheimdienst, Air Force und Army vor die Weltpresse und offenbarten, dass sie während ihres Dienstes Kontakt mit UFOs und Außerirdischen hatten. Von dieser Konferenz gibt es ein Video, in dem diese Leute über ihre persönlichen Erfahrungen sprechen. Nähere Informationen über das "DISCLOSURE PROJECT" findet man auch unter diesem Link: https://www.cover-up-newsmagazine.de/disclosure-project-deutsch

Hier ein YouTube Link von der Videoaufzeichnung dieser Pressekonferenz (mit dt. Untertiteln):

https://www.youtube.com/watch?v=GdT3ZMy0AAM

Und hier noch ein Such-Link für ein UFO das 2009 über Istanbul gefilmt wurde. [Dieses Video ist/war auch auf Jeff Rense's sightings.com verlinkt]

https://www.google.de/search?q=ufo+Istanbul+Kumburgaz+2009

Lightning Source UK Ltd.
Milton Keynes UK
UKHW010958111021
392015UK00001B/113

9 783000 286605